BOOKS & SMITH

New York Editors

Cuentos raros

EDGAR SMITH

Cuentos

Cuentos raros

Primera edición, 2016.

ISBN: 978-0-9897193-4-6

Diseño de portada: Edgar Smith

Imágen: free internet download

Impreso con Lulu press

Publicado por Books & Smith New York Editors

Otros libros por Edgar Smith:

Cuentos

El Palabrador

Poesía

Algunas Tiernas Imprecisiones

Island Boy

Versenal

Novela

La Inmortalidad del Cangrejo

A los Fernández

A los Smith

A los Sánchez

A los Álvarez

A los Portorreal

A los Gómez

A los Tejada

A los Hernández

A los Recio

A los Féliz

A los García

Índice

"A punto de ser yo mismo

Sentí un miedo atroz.

Desde entonces pretendo ser el yo

Del otro que no cuestiona..."

-*Desautorrealización* de Daniel Montoly.

Jacobo Sánchez sí dijo *Perejil*

"...cuidado con el hombre-bestia, pues él es el peón del diablo.

El único de los primates de Dios que mata por placer, por

lujuria, o por avaricia..."

-Cornelius, en El Planeta de los Simios.

Bobo y Celeste

Si se ha de tomar como un hecho que el destino de los hombres se escribe de antemano, entonces el azar y la fortuna no existen. Y si es así, que han sido predispuestas nuestras dichas y tristezas, y que el inexorable camino, previsto por aquel cuya magnífica ingeniería nos cifra, se ha de andar bajo el manto de la incertidumbre, e inevitablemente, ajeno uno de que los desenlaces en apariencia fortuitos han sido, en realidad, meticulosamente (o no tanto) planificados; entonces es válido inferir que hubo en aquel que concibió la recortada vida de Jacobo Sánchez poco más que un mal capricho o un descuido de índole cósmica.

Prudente es decir, sin embargo, que dentro de la aceptada noción de que la fortuna no tiene cabida en nuestra existencia ante la aceptación de que el destino no acata influencias de quien lo vive, una sub-forma de la suerte se puso de manifiesto al otorgarle a Jacobo las siguientes dos condiciones: la incapacidad intelectual para arribar a la pretensión de dilucidar estas conjeturas y la ubicación geográfica e histórica precisas donde se dieran las circunstancias para ignorar la magnitud de su inevitable desgracia.

En otras palabras, Jacobo Sánchez vivió una corta, dolorosa, y (a excepción de estas pocas líneas que vanamente intentan lo opuesto) totalmente irrelevante existencia; y lo hizo en absoluta ignorancia. No obstante, los regidores del destino han visto a bien que yo dedique estas páginas a relatar llanamente la breve existencia de Jacobo Sánchez, a quien apodaban Bobo por allá por las postrimerías del 1937, y quien contaba entonces con diecisiete años de edad.

Jacobo, alto y flaco como una rama seca, poseía la inusual calma de las ranas y la extrema impaciencia —solo en sus ojos— de aquellos cuyos cuerpos son mucho más lentos que el alma que encierran. Para colmo era tartamudo, por eso prefería el silencio y la soledad a la gente. Era huérfano de padre y único hijo. Su madre, Celeste Green, hija de cocolos, acababa entonces de cumplir sus sesenta otoños. Jacobo tenía esa mirada ágil de los que se crían acechando gallinas y liebres, cazando ciguas, escalando lomas, huyendo de Bakás, escurriéndose entre los hombres para ver peleas de gallos, y cortando caña. Era la mirada intercambiable de unos ojos lagañosos, que soñaban despiertos con Prietico, la hija mayor de Don Guerrier, cuya finca quedaba a media tarde de distancia de su casa, y a quien en las últimas cuatro semanas había visto, a pesar de recurrentes intentos, apenas dos veces.

Una semana antes del final prefigurado en los arcanos papeles celestiales, Jacobo tuvo una visión en la que se presintió a si mismo en un lugar donde el miedo era total y donde apenas sí podía respirar. Despertó sudando en frío, y aunque lo intentó, no logró dormirse de nuevo. Celeste lo halló preparando café y le preguntó qué hacía despierto tan temprano; y después de mencionar algunas trivialidades, se sentaron a tomarse el café y un sorbo largo de silencio. De pronto le entró un raro deseo de contarle a su madre lo que había soñado. Dudó solo por un instante y luego le narró acerca de aquel lugar terrible que se había sentido como una fosa; y le aseguró que sintió como si lo hubiera vivido. Celeste se santiguó y lo santiguó a él mientras ponía el jarrito de aluminio sobre un bloque de cemento y tomaba el rosario para rezar un par de Padre nuestros. No está de más decir que la casa de Bobo y Celeste era apenas una choza, hecha de caña y guano; que cocinaban en anafe; y que su pobreza era tal que a fuerza de no tenerlo, el dinero no despertaba en ellos ni una miga de avaricia. La suya era una existencia de intercambio: un vecino les daba yucas y ellos a manera de trueque lo que pudieran ofrecer.

Vivían en un paraje cercano a Dajabón, camino a la línea Noroeste, a un escupitajo de la frontera. Vivían ajenos a los tumultos políticos, a los milagros de la ciencia, y a las vanidades de la capital, donde los jóvenes aspiraban a vestir de smoking y sombrero europeo, y los padres vivían bajo el terror de que sus hijas despertaran la lujuria del ilustre generalísimo, doctor Rafael Leónidas Trujillo Molina, Benefactor de la Patria y Padre de la Patria Nueva, a quien se le atribuye un rapaz y sádico apetito por las vírgenes no mayores de dieciocho y por las señoras ya casadas.

De vez en vez, cuando se daban los mangos o los pomos, Bobo pasaba por el pueblo a venderlos. Era el único momento en que lidiaba con dinero. Bobo había aprendido a diferenciar el Gourde del Peso; al haitiano bracero del comerciante; y a los muertos en vida de los vivos muertos. En una ocasión, un haitiano de nombre Jean Baptiste, conocido en los bateyes como El Brujo, le hizo cruzar el *Rivière Massacre* (en la infame historia de las ironías, que el pueblo haitiano nombrara Masacre a ese asomo de rio, como una premonición de lo que acontecería, lleva un lugar de honor), bajo la promesa de pagarle por aquel corto trayecto lo que se ganaba en un día negociando sus frutas. Bobo nunca supo en qué se había metido, pero, incluso entonces, y a pesar de la golpiza que le propinaron y los dos días de hambre e interrogatorio en una cárcel estrecha y hedionda de la policía fronteriza, el escritor de su destino le había preparado la gracia de no abandonarlo a una muerte aun más prematura que la que al final le tocó.

Celeste lo salvó en aquella ocasión. Al no saber de él, lo buscó por todos lados hasta que Celita, una de las esposas haitianas de Don García, uno de los mayorales de la región, le dijo que la última vez que lo vio, había cruzado el Masacre en compañía del Brujo, y se habían adentrado en *Ouanaminthe*, no muy lejos de la frontera. Cuando Celeste lo halló, parecía un cadáver a quien la vida se rehusaba a abandonar.

Eso había sido un año antes. Desde entonces le temía a los haitianos y a los policías. Siempre que iba al pueblo, a vender las frutas, se la pasaba mirando a todos lados, como un prófugo.

La Fiesta y la Masacre

El 2 de Octubre del 1937, Trujillo llegó a Dajabón a eso de las ocho de la noche. La fiesta la patrocinaban dos familias, los Rosa y los Molina, estos últimos que se creían emparentados al dictador. Cuando un hombre tiene el poder de decidir la vida o la muerte de otro hombre sin temor a represalias de índole alguna, mostrar en público su disgusto por la cantidad de haitianos, "de negros asquerosos", que abarrotaban los campos de la República Dominicana era un lujo menor que sin duda él se podía dar.

 Esa noche, en medio de carcajadas nerviosas, botellas de champán, miradas trémulas entre maridos y esposas, entre guardaespaldas y mucamas, Trujillo tomó la palabra. "He visto cuando venía la cantidad de haitianos que nos roban nuestro ganado y que toman los puestos de trabajo de nuestros campesinos. La historia ha dejado en claro el propósito de los haitianos; y mientras yo viva, no pienso hacerles fácil el que quieran apoderarse de nuestra patria." A cada pausa, los aplausos y vítores no se hacían esperar. Era evidente que el Generalísimo había bebido en exceso, lo que traía a todos de puntillas. Johnny Abbes, desde el umbral, observaba en silencio; sus ojos ofidios escudriñando rostros, expresiones, muecas. "No voy a permitir que estos negros asquerosos, sin educación, continúen robándose las cosechas de gente respetable. Les aseguro, queridos amigos, que voy a remediar este problema haitiano". El último aplauso se prolongó por más de un minuto. Las miradas de preocupación duraron algo más.

Lo imposible, lo maquiavélico, era que el problema ya había comenzado a "remediarse". Seis días antes, el Generalísimo había dado la orden secreta de erradicar a cuanto 'maldito haitiano' se encontrara en el camino. El plan de Trujillo – probablemente el plan de Johnny Abbes- era tanto sencillo como espeluznante.

El 28 de Septiembre, tropas cuyo número se desconoce, constituidas por policías y militares vestidos de civil, armados en su mayoría con machetes, cuchillos, y palos, fueron desplegadas a lo largo de la línea fronteriza con el solo propósito de asesinar a los haitianos en suelo dominicano. La historia se encargaría más tarde de enturbiar los resultados de semejante barbarie. Nadie se pondría de acuerdo en las cifras de muertos. Unos dirían que 5,000 y otros que 30,000. Pocos se enterarían que dominicanos de tez oscura perdieron la vida. Nadie sabría si a propósito o no. La politiquería interferiría con la verdad; y una serie de intereses particulares entre desalmados de ambos gobiernos, el dominicano y el haitiano, terminaría secando con un mísero cheque la sangre de miles de inocentes.

El 1ro de Octubre, a eso de las cinco de la tarde, Bobo había tomado el camino del rio para regresar a su casa. Era el camino más largo, pero lo pasaba más cerca de Prietico. Iba con esperanzas de verla. Lo que vio fue un grupo de hombres con machetes, y a otro grupo de gente tirados en el piso. Su primer instinto fue el de salir corriendo, pero le flaquearon las rodillas y no pudo moverse. Atinó, eso sí, a agacharse entre arbustos y maleza, silencioso como los gatos. Uno de los hombres le gritaba a los que estaban en el piso. Uno o dos más se reían, mientras movían sus aceros de un lado a otro. Bobo había comenzado a sentir un golpeteo acelerado en el pecho; y una cosa dura que se le iba adueñando de la garganta. Entre los acorralados, reconoció al hijo de José Ledesma y a su madre. Había otros niños, aparentemente haitianos, y uno o dos hombres. Una mujer de algunos cincuenta años trataba de decir perejil, pero no podía. *Lo haitiano no saben decí esa vaina*, pensó Bobo.

De un momento a otro, como quien corta un palo de caña, el hombre le dejó caer el machete en la cabeza a la señora. Obedientes, los otros cinco o seis le imitaron, y en cuestión de un minuto o dos, las gentes del piso habían dejado de moverse. Entre el vaivén de los machetes, el hijito de Ledesma había estado voceando, llorando, "perejil, perejil", pero parece que no lo oyeron…

Bobo no se había dado cuenta de que tenía las manos en la boca ni de que se había puesto de pie. El arbusto a penas le llegaba a la cintura. Sólo cuando se dio cuenta que era a él que uno de los macheteros señalaba, recobró el control de su cuerpo, y se dispuso a correr para salvar su vida.

Corrió por largo tiempo. Ni una sola vez miró hacia atrás. Ya la noche le confundía los senderos conocidos. Tuvo que parar para recuperar el aliento. Se recostó de un árbol. El primer machetazo se lo dieron en el hombro izquierdo. Sintió el impacto, pero no dolor. Cayó indefenso, como un conejito ante un perro rabioso. Cuando levantó la vista, las formas oscuras de cinco o seis hombres se erigían sobre él. "Mátalo, coño, qué e' lo que epera", dijo el de menor estatura. El más alto, que era el jefe, miró al asesino de reojo, no con buena gana, y le dijo que había que asegurarse; entonces le ordenó a Bobo decir perejil.

Jacobo Sánchez era tan negro como su propia sombra, tenía ojos de sapo, y labios gruesos como su madre. Aunque toda su vida había repasado en su cabeza la palabra perejil, nunca antes había tenido necesidad de decirla. Bobo se cansó de decir perejil, pero entre su deficiencia y el terror, la palabra no le salía con claridad. Y el asesino insistía que lo mataran para seguir su camino, y el jefe parecía escudriñarlo entre las sombras.

Llegó un momento en que le faltó la respiración y todo estaba oscuro y silencioso, y un terror indecible le condenó la garganta; y recordó aquel sueño terrible que le había contado a su madre y que se había sentido igual que en aquel instante, y comprendió que de alguna forma macabra, su muerte hacía tiempo que estaba escrita.

La Pandemia

"...Dios no hizo esto. Nosotros lo hicimos..."

-Neville, en I am Legend.

La aparente imposibilidad, desde un punto de vista práctico, de ciertos datos, sobre todo cuando los datos se prestan a parecer triviales en medio de un evento trágico, por no decir catastrófico, como lo es el que nos compete, se inclina más a la sorpresa y a la incredulidad que al análisis. Un ejemplo de esto es que, de acuerdo a las autoridades correspondientes, el primer día de la pandemia fue el 19 de Febrero del 2021. Ese día, aseguran, sólo nacieron 603 varones en todo el planeta. Al día siguiente, apenas dos. A partir del 21 de Febrero, ya no nació ningún otro niño.

Después de seis décadas es posible que dichos datos pudieran adquirirse, pero, para el hombre común (desprovista la frase de todo sarcasmo), esta información es no sólo difícil de creer, por imposible de verificar, sino también, ante la gravedad de la realidad imperante, absolutamente superflua.

Mucho se hizo desde entonces a nivel científico para contrarrestar la nueva condición humana. La idea de que la falta de nacimiento del género masculino fuera a convertirse en una catástrofe no surgió sino hasta más tarde, cuando los métodos propuestos probaron ser infructuosos. Lo más lógico al principio fue la inseminación artificial con genes predeterminados. El sexo masculino, en teoría, se "obligaba" en el útero. Aunque se conseguía introducirlo, inexplicablemente la criatura no se desarrollaba, o, en algunos raros casos, nacía una niña.

Algunos científicos señalaron una hormona agresiva en la mujer como la causante de aquellas mutaciones. Muchas niñas probeta fueron clandestinamente sacrificadas, utilizadas como conejillo de indias. Sin embargo, la erradicación de dicha hormona no sólo no hizo que nacieran niños, sino que, pasados los años, se comprobó que esas hormonas hicieron falta en el desarrollo intelectual y físico de esas niñas.

Luego vino la clonación de hombres. Los clones tiraban más a cuadrúpedo que a niño. Algunos nacían, clones in vitro, pero no les duraba la vida. En algún momento, lo que se creía un niño, resultó ser lo más cercano: hermafrodita. Los resultados comenzaron a destruir los nervios de los doctores.

Como todas las noticias de peso, el nacimiento exclusivo de niñas llegó a las masas con retraso. Un retraso de alrededor de un año, quizás dos. Para cuando todo el mundo estaba enterado, ya los científicos habían fracasado en todos sus experimentos. Los gobernantes habían pasado del marco de soluciones clínicas al de las soluciones de contención. Los matemáticos fueron requeridos para frías ecuaciones: al ritmoexistente, ¿cuánto tiempo tardaría el planeta para quedarse sin hombres? Tomando extremas precauciones, los 200 o 300 millones de niños nacidos en Enero del 2021, para dar un ejemplo, vivirían un promedio de 70 años. Era lógico restarle entre 8 y 10 años a los de la década anterior, y así sucesivamente. Estos cálculos excluían por supuesto las causas externas: muertes por accidentes de tránsito, enfermedades terminales, muertes criminales, etc. Además, no había forma de determinar si lo que fuera que estaba impidiendo el nacimiento de varones, se manifestaría también de otra manera, atacando a los que ya habían nacido. (Nada sugeriría luego que haya sido ese el caso.)

A la tensión lógica de la situación, hubo que añadir las tensiones de índole ético, político, humanista, etc. Cuando ya era más que evidente que los hombres se habían convertido en una especie en extinción, la mente humana se transformó. (Ya para entonces habían cesado los memes y las burlas en redes sociales.) Se crearon psicosis, trastornos mentales, fobias... Los gobiernos tuvieron que entrar en acción. Hubo entonces que establecer controles drásticos en cuanto a la natalidad. Las parejas estaban al principio obligadas a tener una sola niña.

El temor invadió la mente de los científicos. Este podría ser el fin del mundo. Si todos los hombres morían, eventualmente, cesaría la reproducción. Se crearon entonces programas obligatorios de donación de semen. Se promovieron 'castings' para hombres considerados 'perfectos', quienes poseían características 'primas', ideales para 'conservar' datos de ADN, por si regresaba el hombre como especie, o por si la ciencia lograba una 'cura'.

Otras medidas se adoptaron; aunque, para algunos analistas, los incumbentes las tomaron cuando era ya muy tarde. Se crearon, por ejemplo, leyes específicas para la protección del hombre. Esto a raíz del acoso de algunas facciones de mujeres que demandaban sexo. Se supo de casos de hombres secuestrados y esclavizados sexualmente por años. Estas leyes, a medida que avanzaba la disminución de la población masculina, fueron tomando un carácter mucho más estricto. Después de los primeros cuarenta años, se decidió que los hombres ya no podrían trabajar.

Entiéndase que ya para entonces esos cuarentones eran los hombres más jóvenes del planeta. Aquellos eran los que habían nacido precisamente el año del final de la vida masculina. La mayoría de los hombres nacidos dos o tres décadas antes, ya estaban muy viejos, algunos muy enfermos.

Se crearon instituciones para albergar a los hombres. Eran complejos donde se les acomodaba, ya que en las calles corrían peligro. Se organizaron horarios de visitas para sus familiares y amigos; y, por mayoría de votos, se pasó una ley que permitía a las mujeres inscribirse en sorteos para tener relaciones sexuales con los hombres que eligieran pertenecer a dichos sorteos. Los derechos humanos lo tildaron de 'amoral', de 'prostitución', mientras los menos conservadores le llamaron 'un esfuerzo consenso en cuanto a la igualdad de todas las mujeres'. La idea alegaba que era injusto, en la situación imperante, que una sola mujer disfrutara de los placeres de estar con un hombre (los hombres y mujeres que se consideraban moral y sentimentalmente 'parejas', podían tener relaciones e intercambio sociales en visitas que eran del todo comunes) cuando tantas mujeres no tenían pareja.

El mercado negro no perdió tiempo. Se supo de venta ilícita de 'oportunidades' sexuales. Es decir, a cambio de una tarifa monetaria, algunos sorteos eran 'arreglados' para que ciertas mujeres gozaran de su 'selección', o, a veces, de tiempo extra en su sesión.

Lógicamente, la sociedad cambió. Los matrimonios tradicionales cesaron. Las parejas de hombres y mujeres que estaban casadas fueron obligadas, por las mismas tensiones sociales, y por el creciente influjo de acciones criminales de algunas mujeres desequilibradas, a ser separadas, enviando a los hombres a los refugios antes mencionados. Los matrimonios pasaron a ser entonces, no con poca ironía para los opuestos a la homosexualidad, exclusiva y necesariamente, entre mujeres. Surgieron entonces nuevas religiones. La caída de la iglesia católica fue súbita e irremediable. Sin hombres, el concepto de un Adán y una Eva perdió toda credibilidad. ¿Era posible que Dios creara hombres y mujeres para luego separarlos por siempre? El Papa intentó reinterpretar algunas nociones, pero el mundo ya no era el mismo. Las mujeres preguntaron cómo era posible entonces cambiar la palabra de Dios; amoldarla al cambio radical. El Papa fue destituido. Cayó el Vaticano.

Lo propio sucedió, aunque más paulatinamente, con los presidentes, los jefes de estado, los reyes europeos... Los gobernantes se vieron entre la espada y la pared. Surgieron líderes femeninas que arrasaron en las elecciones. El poder de algunos políticos, ex-presidentes, se extendió, pero sólo hasta su inevitable muerte. Los magnates multimillonarios sufrieron recluidos en islas propias, protegidos por fuerzas especiales. Más temprano que tarde, esas mismas fuerzas especiales les traicionaron: eran, al fín y al cabo, mujeres.

En los niveles más altos se susurraba de irregularidades. Las altas funcionarias usaban su poder e influencias políticas para 'contrabandear' hombres desde los albergues. Se rumora que los elegían en los perfiles electrónicos de las bases de datos de las entidades que los guardaban. Los elegidos eran movidos bajo la más estricta discreción a lugares donde pasaban una noche o dos con senadoras, diputadas, presidentas, etc. Luego los devolvían a sus albergues. Rara vez se quejaban estos hombres, salvo que los escapes "coincidencialmente" se sucedieran, pues entonces quedaban físicamente exhaustos, alegaban. En realidad, sólo les preocupaba no poder alardear de sus dotes de buenos amantes, como si a las mujeres les importara.

Dentro de los relativamente pocos hombres que quedaban, se formaron grupos activistas, abogando por el respeto a su integridad moral y física. Estos denunciaban que las mujeres les miraban únicamente como objetos sexuales, nada más. La vida no carece de una alta dosis de ironía.

En el año 2102, se determinó que quedaban catorce hombres en el planeta tierra. El más joven tenía 82 años. El mayor, 93. Dos de estos hombres residían en Madrid, España. Uno en México. Dos en Cuba. Y el resto en la China.

Xiun Jao, de 83 años, fue violado en su celda por una de las guardias. Hacía unos quince años que el pobre hombre no tenía una erección; por eso, a la hora del almuerzo, la depravada desbarató una pastillita en la comida del anciano. Una hora después, mientras dormía, la reacción no se hizo esperar y la guardia le fue encima.

El pobre hombre no tenía fuerzas para evitar el ataque. El asunto es que Xiun Jao murió dos semanas después, y no se enteró de que había embarazado a la guardia. Nueve meses más tarde, el primer varón en ocho décadas pegó un grito que cambió de nuevo al mundo.

La guardia, Jing Li, fue declarada heroína mundial.

El Secreto de Julio

"...entonces, al parecer, hemos coronado al tonto equivocado..."

-Esmeralda, en El Jorobado de Notre Dame.

Sucedió en el 1848, mientras vivía en el 24 Rue de l'Ancienne-Comédie, en París. Dos semanas antes le había visto sobre el tejado. Había sido apenas una silueta oscura entre las sombras y, a contra luna, le había figurado una gárgola.

Esa noche, sólo cuando se movió, supo con espanto que era el monstruo. Se lo comentó a su amigo Édouard, que le miró con ojos incrédulos y entretenidos.

Desde entonces se desvelaba observando la corona de las casas. Perseguía con la mirada gatos, detectaba fantasmas entre cornisas y chimeneas. Ya se dormía en la ventana una noche cuando registró un movimiento que rompió la esfera lunar.

Abrió los ojos. El monstruo, difuso, le observaba. Sintió un escalofrío. Ilógicamente se preguntó si el monstruo lo veía como él le veía, o si sus ojos le aclaraban a pesar de la oscuridad sus facciones. Pensando estas trivialidades se distrajo brevemente y cuando volvió en sí, ya no estaba. Se increpó. Poseído por la curiosidad, salió, se dirigió al tejado.

Miró en vano a todas partes. Taladraba con su vista las sombras. Entonces vio, en la espina dorsal de las tejas, un manuscrito que aguardaba por él. Miró la luna, pero no le preguntó nada. Tomó el manuscrito decididamente y gastó la noche y parte del amanecer leyéndolo. Cuando terminó, lo cerró despacio y suspiró. Durmió todo el día. Soñó con el monstruo. En su sueño, venía vestido de traje y le entregaba en sus manos un manuscrito enorme, pesado, que él tomaba ávidamente y que, sin perder tiempo, se sentaba a leer.

Cuando despertó, el monstruo estaba en el tejado. Se miraron de nuevo entre sombras. Fantaseó con su rostro, creía haber visto alguna dramática deformidad allí también, como la de su espalda. Respiró hondo. Salió, caminó decididamente. El monstruo vaciló cuando lo vio acercarse, pero no huyó. De frente, se sorprendieron el uno del otro. El monstruo era, en efecto, deforme. Tenía ojos tristes y párpados que parecían forzarlos a cerrarse. Sus labios eran grotescos y sus orejas diminutas. Tenía verrugas de todo tamaño por doquier, y un extraño olor, como una ropa que ha permanecido guardada y en desuso por largo tiempo. En las manos del monstruo había otro manuscrito. Lo dejó en las tejas. Saltó una distancia imposible y se lo tragó la madrugada. Leyó sobre el tejado hasta que el sol le quemó las mejillas. Una multitud se había reunido a mirarle. Parecía un demente. Las autoridades le ordenaron entrar a su alcoba.

Esperó desde entonces muchas noches, perdió la cuenta de cuantas, pero el monstruo no regresó. Guardó los escritos con celo. Los leyó y releyó hasta memorizarlos. Cada vez que volvía a ellos, se le hacía más difícil creer que aquella criatura hubiera sido el autor. En sueños trataba de mantener intacta la imagen del monstruo, pero al despertar, perdía sus facciones. *El tiempo*, se dijo, *confabula con el olvido*.

Años más tarde, Édouard vio un bulto de sombras. Eran un baúl y una carta. Al entregárselos, Julio reconoció la caligrafía del monstruo. La carta era breve, y más que una carta era un juego de instrucciones: había sido elegido para publicar aquellos escritos bajo su nombre. Todos los derechos de autor eran suyos. Lo único que tenía que hacer era hallar quien se los publicara. La firma decía: *Victor Hugo*.

Julio siguió las instrucciones de su misterioso amigo y transcribió cada uno de los manuscritos. En el 1851, le entregó a su amigo Pitre-Chevalier el primero de ellos, *Un drame au Mexique*. Lo hizo con temor. Chevalier se burló del temblor de su mano al entregarle la obra, pero después de leerla, jamás se volvería a burlar. Desde entonces, Julio Verne vivió.

Algunas noches, resentía el éxito del que disfrutaba. Sabía que no lo merecía, deseaba que el monstruo regresara, deseaba hablar con él, preguntarle por qué le había elegido paradisfrutar de la gloria que le pertenecía.

Antes de morir, en el 1905, Julio creyó ver al monstruo de nuevo, pero no fue más que un deseo reflejado de su alma. Con el último aliento le agradeció su vida, aunque fuera un engaño.

El insaciable Tarrare

"...me comí su hígado con habichuelas de Fava y un buen Chianti..."

Hannibal Lecter, en The Silence of the lambs

Para poder contarles esta historia, que tuvo lugar en Francia y Prusia entre el 1792 y 1798, y que tiene como personaje principal a un hombre que sólo se conoce como Tarrare, es menester contarles primero de otro hombre, a quien le debemos no más que el dudoso título de narrador de los hechos. El infame llevaba por nombre José Jean Pouriert. De él sabemos que era uno de los denominados *Petits Blancs* (los blancos pobres, quienes se sentían superiores a los negros, pero muchas veces estaban en situaciones tan o más calamitosas que ellos), que era un sádico, y que se había embarcado en un galeón francés a finales del 1792, huyendo de una muerte segura a manos de los esclavos haitianos que, liderados por Dessalines, se dieron a la tarea de masacrar cuanto blanquito francés o español hallaran a su paso, en su camino a la revolución de Saint-Domingue.

José Jean, astuto y desalmado, se puso de inmediato a las órdenes del capitán del navío, sirviéndole de espía y vocero. Fue así como arribó en Francia el 12 de febrero del 1793. Para su desdicha, las autoridades en Francia le requirieron documentación que abalara quien él decía que era, pero la urgencia para sobrevivir a los haitianos no le había permitido calcular aquellos detalles. A pesar de las intervenciones del capitán, fue encarcelado.

Era un tiempo complicado para estar preso en Francia. La guerra de la Primera Coalición estaba en su apogeo. Los franceses estaban nerviosos. Alemania había dado muestras de ser un adversario de cuidado. Uno de los compañeros de celda se la pasaba narrando anécdotas del campo de batalla. Lo peor para José Jean, pensaba él, era tener que escuchar al reo parlanchín y no poder entender ni media palabra de lo que decía. El tipo sólo hablaba francés. A pesar de su apellido, José Jean no hablaba el idioma de Sartre. Había nacido en la Hispaniola, entre españoles, cubanos, y mulatos; hijo de padre francés y madre española. Luego, aprovechando su condición de blanco y descendiente de franceses, se estableció en Saint-Domingue, donde adquirió de manera dudosa una pequeña plantación y algunos esclavos, que no tardó en perder.

Sin saber lo que ocurría, una tarde lo sacaron de la celda junto a otros seis prisioneros y lo montaron en un barco. Asumió que lo mandaban de vuelta a Saint-Domingue, por lo que casi se lanza por la proa. Hubo que amarrarlo. José Jean perdió la noción del tiempo. No sabía si había pasado un año o un mes cuando el barco fue atacado por fuerzas Holandesas, que pertenecían a la coalición. La mayoría de los soldados franceses fueron asesinados en la batalla, los prisioneros fueron reubicados.

Abría los ojos y únicamente veía mar y cielo. Los holandeses parecían haberlo olvidado a su suerte, no se acercaban para nada, como si se tratase de un leproso. Una mañana, cuando menos lo esperaba, despertó en un puerto en Alemania. De ahí lo trasladaron a una prisión donde fue obligado a ejecutar trabajos pesados. José Jean nunca antes se sintió tan solo en el mundo. Entre alemanes, franceses, y etíopes, bien podía pasar por mudo. Nadie hablaba español. El desgraciado no entendía nada. Sólo por los gestos de algunos, sabía, por ejemplo, cuando se burlaban de él y su incapacidad de comunicarse.

Una mañana, mientras limpiaba, vio una celda un poco retirada de las demás, de donde le pareció escuchar unos gemidos. La curiosidad lo empujó hasta ella, pero no estaba a doce pasos cuando un vaho insoportable le hizo detenerse, como si fuera un escudo. Entre las sombras, vio a un hombre delgado y con aspecto de moribundo. Era Tarrare.

José Jean permaneció preso en Alemania siete meses. Un día cualquiera, un jefe militar llegó a inspeccionar el área. José no comprendió nunca cómo aquel hombre supo, con tan sólo mirarlo por dos segundos, que no era francés, incluso que no tenía nada que ver con aquel conflicto; y después de invitarlo a tomarse una taza de café, en el español más rudimentario imaginable, le preguntó cuál era su historia. Cuando José Jean concluyó el relato, el jefe se lo llevó por dos horas a un cuarto improvisado y, al salir, dio órdenes de que lo dejaran en libertad.

Antes de aquel "milagro", José Jean pudo ver a Tarrare fuera de su celda en varias ocasiones. A pesar de la mugre y la barba rala, se notaba que era un hombre muy joven. Se le veían todos los huesos, y la piel de su rostro parecía colgarle, como sería quizás con alguien que no hubiese comido en meses. La primera vez que lo vio, había una discusión entre varios soldados. Luego llegó el superior. José no entendía de qué se trataba aquello, solamente podía adivinar que se trataba de Tarrare, quien estaba parado a su lado, luciendo más muerto que vivo. Mientras discutían, los soldados cargaban sus armas en los hombros y, con las manos, se tapaban boca y nariz.

De un momento a otro, Tarrare se echó a llorar. Lloraba como un niño, tirado en el suelo, pataleando sin muchas fuerzas. Repetía una palabra, una de las pocas que José Jean había aprendido del alemán: *¡Essen!* Evidentemente, Tarrare tenía hambre.

Lo que José Jean presenció a continuación fue la primera de una serie de escenas inverosímiles, las que lo hicieron regresar, cinco años después, a Alemania, y luego a Francia.

Un soldado llevó dos gatos a donde estaba el moribundo. Sin perder tiempo, sin mediar palabras, el casi esqueleto agarró uno de los gatos y sin titubeos lo mordió en el cuello. El gato pegó un alarido endemoniado, pero el hombre, el rostro lleno de sangre, volvió al ataque, clavándole los dientes con hambre voraz. Por la expresión de algunos prisioneros, que miraban por los barrotes, José Jean supo que no era la primera vez que esto ocurría. Algunos, incluyéndolo, no pudieron aguantar, y vomitaron antes de que el primer gato desapareciera por completo. Cuando hubo terminado, miró al soldado, pidiéndole el otro felino con la mirada. Este accedió. El gato, presintiendo su destino, saltó sobre el caníbal, pero Tarrare logró atraparlo en el aire, y acto seguido, le abrió la panza de una mordida. José Jean volvió a vomitar.

Ante los incrédulos ojos de José, Tarrare dispuso en el lapso de una hora, a parte del manjar felino, de dos galones de leche, varias raciones de papas crudas, un pote de miel, y algo que no quiso indagar pero que tenía aspecto de rata. Cuando lo regresaron a su celda, llevaba la barriga abultada, como si le hubieran inflado un globo por dentro. Al pasar por el frente, José Jean vio un charco de vómitos: eran los pelos de los gatos.

Tarrare era un fenómeno de la naturaleza. José se enteraría años más tarde de las razones por las que Tarrare había estado encerrado en aquella prisión: Un tal doctor Courville, que le había atentido en varias ocasiones, le había sugerido al general Alexandre de Beauharnais, cuñado de Napoleón, que dada la capacidad de ingestión de Tarrare, podrían utilizarlo como espía. Para probar la teoría del doctor, le dieron a comer una cajita con una nota dentro. Le dijeron que aquella nota era información vital que los alemanes no podían tener. Lo enviaron a Prusia, pero al poco tiempo, su incapacidad de hablar el idioma lo delató, por lo que lo encerraron y le dieron una paliza para que hablara. Tarrare resistió al principio, pero luego lo contó todo. Lo hicieron evacuar la cajita, y al abrirla, la nota estaba intacta, decía: *Si estás leyendo esto, coronel, entonces podemos usar este individuo para sacar información de Prusia.*

Al principio le llegaron a poner la soga en el cuello, pero luego se limitaron a unos cuantos golpes y al encierro.

En su forzada estadía, José Jean fue testigo del imposible apetito de Tarrare, a quien en su mente ya había bautizado El Insaciable.

Aunque la celda del fenómeno estaba apartada de la suya, José Jean escuchaba con frecuencia sus lamentos y quejas. Tarrare estaba constantemente hambriento. Los guardias se quejaban de tener que darle de comer tantas veces en un día, y algunos lo castigaban, dejándolo sin comer por cuatro o cinco horas seguidas. Pero no resistían mucho, los quejidos del casi espectro les ponían los nervios de punta.

El insaciable comía de todo, orgánico o inorgánico, dependiendo de la magnitud de su hambre. José Jean lo vio comer pedazos de madera, las pocas desdichadas ratas que se aventuraban cerca de su celda, los desperdicios de comida que botaban los soldados, gusanos, y cucarachas…

Para José, cada vez que lo veía comer era como si lo viera por primera vez: el asombro, la nausea.

***

En el 1797, José Jean regresó a Alemania. Esta vez en calidad de comerciante. Había probado suerte regresando a las Antillas Menores donde consiguió asociarse con uno de los últimos filibusteros que quedaban en pie, que luego misteriosamente aparecería muerto. Sus pocos negocios le quedaron a José Jean, quien a base de astucia, extorsión, y violencia callada, los convirtió en empresas de éxito. En cuestión de tres años había amasado ya una fortuna.

La historia de Tarrare lo tenía obsesionado. Desde el encuentro en la cárcel, la había contado mil veces, y mil veces se habían burlado de él. Si José jean Pouriert hubiese seguido siendo pobre, la opinión de los demás le habría importado un comino. Pero la mezcla de orgullo y riqueza invita a otras resoluciones. El hombre con poder precisa establecer su palabra como la única verdad.

Su viaje a Alemania no dio más frutos que una o dos referencias acerca del hombre con el hambre insaciable. Alguien, ya al final, le dijo que lo había visto un año antes de vuelta en Francia, en un circo itinerante. Cuando llegó a Francia, lo buscó por varias semanas hasta que por fin alguien le dio una dirección.

Sus indagaciones lo llevaron al hospital militar Soultz-Haut-Rhin (donde en más de una ocasión Tarrare había sido ingresado por indigestión). Conoció allí al tal doctor Courville y a su homólogo, Percy, quienes, sorprendidos por la capacidad de ingerir alimentos de Tarrare, se habían pasado meses haciéndole estudios y experimentos. Los doctores admitieron no haber llegado a ninguna conclusión satisfactoria. En otras palabras, no tenían la más mínima idea de qué podía causar que un hombre pudiera comer de aquella manera.

José Jean se enteró en el hospital que Tarrare, en uno de los experimentos, se había comido las comidas de quince empleados. "Su apetito era tal", confesó el doctor Percy, "que comía piedras, basura, la sobra de comida de otros enfermos, culebras vivas, gatos, roedores… incluso, en alguna ocasión, dicen que llegó a comerse medio toro".

Le contaron que Tarrare había sido expulsado de su casa a la edad de 12 años, sus padres no tenían ya qué ofrecerle, el muchacho se estaba comiendo todas sus provisiones. Anduvo desde entonces por toda Francia con una banda de ladrones y prostitutas, robando lo que podía para comer. Más tarde se integró al circo, donde devoraba corchos, madera, animales vivos, y canastas repletas de manzanas. En un momento de crisis, alguien le había recomendado unirse a la milicia, donde la comida era gratuita. Sus superiores pronto comenzaron a recibir quejas de que a Tarrare había que darle cuatro veces la cantidad que las raciones normales tenían. Cuando la situación se complicó, decidieron que ya no podrían seguir alimentándolo. Tarrare comenzó a comer plantas, alimañas, el uniforme…

El doctor Percy le dijo que Tarrare había sido expulsado del hospital no hacía mucho tiempo debido a una controversia, y que desde entonces no lo había vuelto a ver. Bajando la voz, como si temiera que le escucharan, le susurró, "un niño de catorce meses de nacido desapareció del hospital sin dejar rastro".

***

Tarrare murió en el hospital M. Versailles al año siguiente, 1798.

El doctor Percy, que había sido contactado por un colega, el doctor Tessier, lo había ido a visitar. Tarrare le dijo que se había comido un tenedor de oro y que por eso estaba tan débil. Pero Percy halló en él síntomas de tuberculosis. Murió al poco tiempo.

Tessier le realizó una autopsia. Tenía interés en ver cómo el cuerpo de Tarrare difería de lo normal. Tessier notó que la garganta de Tarrare era anormalmente ancha, y que al abrir sus mandíbulas, era posible ver un amplio túnel hacia su estómago. Tenía el cuerpo lleno de pus; tanto su hígado como su vesícula eran inusualmente grandes; y su estómago era enorme, llenando casi completamente su cavidad abdominal; y además estaba cubierto de úlceras.

***

Parecería justo decir que José Jean Pouriert murió al poco tiempo a manos de los haitianos que tanto temía, pero sería una justicia ficticia. Murió a los 95 años, rico y respetado, acompañado de una esposa treinta años más joven que él y de cinco nietos. La única dicha que le fue negada fue la de alguien que le creyera la historia de Tarrare.

Uno de sus bisnietos, Juan Carlos Pouriert Adames, fue jefe de mi abuelo en las oficinas del correo por allá por los 1940s. Él le contó la historia de Tarrere, y mi abuelo me la contó a mí.

Cuando a uno le toca

"No existe lo que llamamos Accidente; es solo un nombre equivocado que le hemos dado al Destino."

-Napoleón Bonaparte.

Otreumle murió en un accidente de tránsito. Dejó atrás tres hijos, una sobrina (ahora doblemente huérfana), una cuenta de banco con RD$81.00 pesos oro, y a su mujer pensando qué hacer para no pensar. A su señora le aseguraron que no había culpables, que había sido un accidente. Cosa cierta sólo si la negligencia cae bajo la definición de accidente.

A Otreumle lo mataron Etaf, Ekib, Otua, y Argen, y lo hicieron horas antes de que se muriera. Lo mataron y no se enteraron, y siguieron sus vidas, y nadie les reclamó la muerte de ese infeliz mientras vida tuvieron.

Etaf, por irse a tomar unos tragos con José, se olvidó de poner en hora el despertador, por eso salió tarde de su casa. Ekib, por no pagar un pasaje, prefirió irse en la bicicleta defectuosa de su hermana. Otua, por estar pendiente de la colegiala que le estaba pelando los bolsillos, olvidó chequear los frenos del carro, que ya no servían. Y Argen, por llevarle la contraria a sus padres, la muy rebelde, terminó poniéndose la faldita que eventualmente se levantaría con la brisa, mostrándole a Ekib sus increíbles atributos, y éste, pendiente de la magnificencia de los diseños de nuestro divino señor, perdería el control, y tiraría del timón defectuoso, que se soltaría al instante, y la bici se le atravesaría a Otua, quien trataría de frenar, pero no lo lograría, y el carro a su vez chocaría con el camión de Etaf, quien nunca habría estado en ese lugar en ese preciso momento si no hubiera olvidado poner en hora el despertador. Pero resultó que sí estaba allí cuando el auto de Otua le embistió, y giró el timón al lado opuesto, y se encontró nada más y nada menos que con Otreumle cruzando la calle, con una solicitud de empleo en la mano.

Y pensar que su mujer le había rogado a Otreumle que se quedara diez minutos más, que había tenido un sueño erótico y quería explicarle vívidamente lo aprendido. Y él, responsable al fin, le dijo que no, que tenía que irse, porque tenía un compromiso impostergable.

La Geisha y el Ronin

"...Morirse es fácil. Vivir es lo que requiere verdadero coraje..."

-Himura Kenshin (Batusai)

Sake y sangre, y un leve temblor en la mano del sable. Uno o dos le han reconocido; han apresurado el trago; se han marchado con los labios duros y las palmas al aire, temerosos de cerrar los dedos, fuera que un puño le diera la idea de un duelo o de una amenaza. Las hondas notas de un shamisen ahogan las pocas palabras. Los hombres parecen sumidos en un trance de siglos, embrujados por la sensual caricia que es el baile de la geisha. El Sake le revive la garganta. El rostro de nieve de la geisha, con su diminuta boca roja y su tristeza, parece cantarle. Cierra sus ojos por un momento. La noche afuera está helada de invierno y de muerte. Y es la muerte la que le toca la puerta. El humo de las velas le dificulta la respiración. Una maiko muy joven observa la precisión de cada movimiento de la geisha sobre el tatami. La fascinación en sus pupilas borda la idolatría. Y por un segundo dicha fascinación le devuelve a él la memoria de su pequeño hermano atravesado por una flecha, sus ojos tensos, como intentando retener en ellos el alma. Y luego su katana manchando la nieve de acero y del escarlata brillo de la sangre. Cuatro, cinco, seis cayeron. La coreografía de brazos y piernas, y de metales surcando la noche, y de sombras de cuerpos, y de cuerpos ensombrecidos, y de horror en los rostros que se fueron entregando apresurados al honor de ser vencidos en batalla.

Alguien le ha visto sangrar bajo el kimono. Susurran velozmente. El color de la sangre trae consigo cierta alarma, cierto creciente miedo. La noche aúlla afuera. Y al ronin se le ocurre en su debilidad que puede ser un shinigami invitándole a partir de este mundo. La geisha se ha ido. La maiko con ella. El salón da vueltas, pero muy lentamente. Alguien parece contemplarlo desde el otro lado del tatami. Es una mujer de muchas décadas. Su kimono es verde y blanco. Su rostro no tiene forma, pero está seria como un aviso fatal.Un shamisen inicia otra trinchera de sonidos. Un tambor le acompaña tentativamente. El ronin no sabe ya si es un tambor, o son los tambores de la guerra que redoblan por los pasillos del más allá. La memoria falsifica la realidad. Cree escuchar el canto de su nombre; el fulgor de antiguos honores le acaricia: recuerda un samurái de alto rango que perdió la vida bajo su espada, y antes de morir le sonrió, le honró.

Los hombres que antes parecían dormidos ahora le observan con cautela. Alguno ha agarrado la tsuka de su katana. Los ve intermitentemente, como en un mal sueño. Ha venido a morir aquí, tan lejos. El amor le ha detenido el tiempo a la muerte. Doce años atrás le juró que volvería. Alguien recita versos. La música es apenas un rumor. La voz parece provenir del cielo, y la poesía es tan sublime que atenta con dormirle para siempre. Un hombre a sus espaldas sale a encontrarse con la noche. La sangre del ronin empieza a decorar las tablas del suelo. Algo, como un pequeño pájaro, aletea frente a sus ojos, e instintivamente sabe que es la vida que se le escapa.

Entonces la ve. Es el mismo rostro de nieve con el mismo punto rojo, como un beso ensangrentado, donde habitan sus labios. Pero es a la vez un rostro diferente. Aun triste, es otra la tristeza de esos ojos atormentados. Por un momento no puede decir nada, hacer nada. La geisha, su geisha, más alta, más bella, parece flotar de mirada en mirada al ritmo de la suave música. La poesía se ha detenido, sus versos cuelgan de la memoria como gotas de una lluvia dulce y lejana.

Regresa el hombre que había salido. Viene acompañado de más hombres, y de un frío óseo que podría bien confundir con espanto. Alguna vela se apaga. El cuarto se congela, la geisha baila aún, como si la muerte no saltara de filo en filo, como si el hombre que ama no estuviera al borde del infierno.

La geisha baila aterciopelando el mundo con sus dedos delicados, con su peinado complicado y la negrura de su pelo, como el corazón de la Mara. Su kimono apenas abraza sus caderas, y el dragón de seda seduce al único hombre que todavía la mira. El hombre que la ha mirado siempre en la punta de su promesa. El ronin ase su katana y suspira. Antes de enfrentar a sus enemigos se cruzan sus miradas y una brutal aceptación de sus destinos parece consumir la distancia que los desune. El último parpadeo es un sí, donde cae de manifiesto el amor imposible.

Los aceros tiemblan en la mano de esos hombres por la certeza de que su sangre pintará este suelo y ellos no la verán correr. A lo mejor habrían tenido mejor suerte si no supieran su nombre. Una lágrima traza un surco en su maquillaje blanco como una cicatriz, y da inicio a la batalla. Todo sucede tan rápido que la geisha apenas sí se lleva las manos a la boca. Ahora es ella la que irónicamente desde el tatami atestigua un baile inimitable.

Un silencio cae como un manto enorme, y luego la puerta se abre como si un gigante entrara. El frío de la noche le muerde las mejillas, y es como si hubiera entrado a recogerlos la muerte. Su amado aun empuña el arma, pero ella sabe que ha soltado la vida.

Dos Filósofos para destruir el mundo

"...curioso de la sombra
y acobardado por la amenaza del alba
reviví la tremenda conjetura
de Schopenhauer y de Berkeley
que declara que el mundo
es una actividad de la mente,
un sueño de las almas,
sin base ni propósito ni volumen..."

-Jorge Luis Borges, fragmento de 'Amanecer'

Me acosté poco después de leer *A Treatise Concerning the Principles of Human Knowledge*, de Berkeley, y soñé que tenía razón, que el mundo material no existe, que es producto de la mente humana, la cual colectivamente lo mantiene. En el sueño, que sucede al término de la madrugada (a esa hora que Borges describió idónea para destruir el mundo) el mundo sucumbe lentamente. Una voz, que no es familiar y cuya procedencia me elude, explica que las sombras, la oscuridad, no son de la noche, sino de la inconsciencia de las almas que, al dormir, descuidan la ilusión del mundo. Como es usual en los sueños, que parecen no obedecer algunas nociones lógicas o de cronología, y que son difusos a veces, como en un intento consciente de abrumarnos, me veo de repente conversando con un hombre, que parece un hombre de otra época. Su voz es similar a la voz en off, pero no lo discutimos.

El caballero -que así lo nomino- me dice que somos nosotros los que tenemos la potestad de aniquilar el mundo. Postula, con menos fervor del que habría creído en un tema como éste, que el estar conscientes de la realidad del mundo, y a la vez estar despiertos, nos otorga una ventaja única sobre el resto de la humanidad. Ya que el mundo es una ilusión, y que la ilusión se mantiene únicamente a través de la percepción, los que percibimos el mundo somos relativamente muy pocos. "Pero usted y yo no podríamos...", interrumpo. "Sólo nosotros sería imposible, cierto, pero no somos los únicos...", responde.

Según el caballero, otras cuantas miles de almas están despiertas conjuntamente con nosotros, y dice, afirma, un nutrido grupo está pensando exactamente lo mismo que pensamos. De ese grupo, cuarenta o cincuenta están teniendo esta misma conversación, en un lugar similar, con leves variaciones en la intensidad de su intención, o de su convicción, "como es tu caso", apunta. Atribuirse sentimiento en un paréntesis onírico puede ser descabellado, pero juraría que es lo que ocurre. En aquel instante, al oír las conjeturas de ese señor, cuyos porte y severidad de rostro garantizan la gravedad y seriedad de su propuesta, siento -no sólo lo pienso- que es mi deber involucrarme en el proyecto.

Mi subconsciente (que asume la voz de mi madre) sin titubeos me aconseja recapacitar. Le ignoro, y acto seguido le pregunto al caballero cuál es el próximo paso. Antes de que pueda hablar, las cinco o seis casas a mi derecha desaparecen. No hacen ruido, no hay explosiones, nada...sólo se esfuman, y luego los árboles desaparecen, tres autos, la acera, un poste de luz, la luz misma...el caballero está concentrado. Ha cerrado los ojos y luce inalterablemente ecuánime. Yo no. Me ha parecido imposible, pero más que eso, terrible, que las cosas se desvanezcan así no más. Y por primera vez siento que es cierto, que la descabellada idea de destruir el mundo es factible. Un temor helado me ahoga. Las calles parecen desintegrarse paulatinamente.

Le llamo. Le llamo una y otra vez, pero es una idiotez llamarle porque desconozco su nombre. Le he llamado por un nombre que no le corresponde, seguramente, porque sigue quieto, como si durmiera de pie, como si ya no estuviera en el sueño. Entonces recuerdo que es un sueño. Que nada de esto sucede en verdad, y siento un gran alivio, y despierto. Para mi sorpresa, al abrir los ojos, el hombre sigue profundamente concentrado, pero esta vez está sentado al borde de mi cama. De algún modo ahora lo reconozco; su apellido es Schopenhauer y es un filósofo alemán. Como no recuerdo su nombre le llamo por su apellido. El Sr.Schopenhauer abre los ojos y me pregunta si me he arrepentido. Al ver la duda en mi rostro, se pregunta en voz alta si quizás no soy el indicado para la tarea. Le digo impulsivamente que sí, que lo soy. Le hago entender que he tenido miedo porque, una vez destruido el mundo, no sé qué sucederá con nosotros. Con gran calma me asegura que somos seres inmateriales, que estamos hechos de luz, o de energía, que es una de las formas de la luz, y que la única razón por la que no nos percibimos como realmente somos es por Dios, que mantiene la postura filosófica de que no somos capaces de entender el espacio atemporal donde El existe. Ahora me encuentro incrédulo porque había creído que Dios no cabía en el idioma de los pensadores, pero es evidente que me equivoco.

Súbitamente me pregunto de dónde ha salido el buen señor Schopenhauer. Lo que me pregunto en verdad es si todavía estoy soñando. Mi acompañante me observa detenidamente, con paciencia, como se observa el proceso mental de un ser intelectualmente inferior. "¿Es esto un sueño?", pregunto tentativamente. Sonríe. "Si esto es un sueño", cavilo, "¿De qué nos sirve dejar de pensar el mundo?" Schopenhauer asiente, se levanta, abre la puerta, y otro hombre, un poco más alto, entra en silencio. "¿Cómo sabemos que esto es un sueño?", pregunta a quema ropa. "No estoy despierto." "Muy bien, pero ¿Cómo lo sabes?, ¿Cómo lo determinas?", "Ustedes están muertos, ¿No?", "¿Qué es estar muerto?", Pregunta el hombre. Me molesta la sonrisa satisfecha del señor Schopenhauer. "Vayamos por parte. ¿Cómo determinas si sueñas o si estás despierto?", pregunta con cierto aire oligarca, y continua, "por ejemplo, soñabas con Arthur Schopenhauer y despertaste, y al hacerlo, el señor Schopenhauer seguía concentrado en la noble tarea de deshacer el mundo. ¿Has despertado de un sueño a otro?, ¿Es esta la 'realidad' o es este otro sueño? Soñar y estar despiertos es la misma cosa, vistas desde diferentes perspectivas".

Su voz era como la de un locutor, o, mejor, como la de una persona de incuestionable autoridad. "¿Cómo distinguir entonces lo onírico de lo "real"? O, mejor aún, ¿Qué es lo real?

Si cuando estás durmiendo sientes que estás despierto, ¿Qué te asegura que cuando despiertas, en realidad, no estás durmiendo?" Sus palabras eran un acertijo dentro de un acertijo que se prometía interminable.

"Si entiendes esto, entonces pasemos a la otra pregunta: ¿Qué es estar muerto?" Me apresuro, "pues estar muerto es no estar vivo". "¿Cómo determinamos que alguien ha muerto? ¿Porque ya no lo vemos?, ¿Muere entonces quien viaja y nunca más escribe? Si te marchas de tu casa y no vuelves, ¿has muerto?" "Es distinto...", trato de justificarme, pero me interrumpe. "¿Distinto?, ¿Cómo lo es? Es distinto porque al marcharte los demás saben que te has marchado a algún lado. Pero si no regresas, ni les llamas, ni les escribes, y pasan veinte años, ¿Has muerto? O, si es lo contrario, si sucede que te despides porque vas a viajar, pero es una mentira, y te suicidas al otro día, y nadie lo sabe, y pasan veinte años. ¿Estás viajando o estás muerto?, ¿Qué es estar muerto?, ¿La ausencia del cuerpo?, ¿Muere de algún modo quien se marcha por diez años?, ¿Por cinco?"

Su voz resuena en todas partes, pero de una misteriosa manera: un grito ecuánime, si algo así existe. Trato de decir algo. ~Me mueve el orgullo herido~ Pero sus ojos son como dos candiles que parecen querer rostizarme, o tal vez empujarme a algo que yo aún desconozco.

Schopenhauer sonríe, parece una estatua de Madame Tussaud. "Entonces, ¿No morimos?" Pregunto con cierto tono de burla. "Si morir es la ausencia del cuerpo que los demás perciben, entonces, sí, morimos. Schopenhauer murió hace doscientos años. Sin embargo, ¿No lo has visto aquí contigo?, ¿No has conversado con él?, ¿No te ha convencido de que el mundo no es más que una ilusión, de que es otro sueño?" Estoy boquiabierto. "No, no morimos. O, al menos, morirse no es lo que la gente cree. Morirse no es dejar de existir, sino "irse" a otro lado. Eso es morirse. Pasar al plano inmaterial, donde el mundo no existe. Donde estamos nosotros tres ahora. Donde nos es posible acabar con la falacia del mundo".

El silencio es súbito y amenaza con ahogarnos. Schopenhauer retoma la esquina de la cama. Cierra los ojos, y dice, "Acabemos con esta mentira de una buena vez." El otro hombre me mira. Me mira intensamente. Me asustan estos hombres antiguos de convicciones antiguas. Recuerdo vagamente que alguien mencionó el miedo al pensamiento. Dijo algo como, "témele a la idea, es la fuente de toda innovación y de toda locura. La idea mató a Cristo...y lo resucitó".

De repente camina al fondo del cuarto y levanta un libro, es el libro de Berkeley. "Este libro no existe. Cuando me ves levantar el libro, lo imaginas. La existencia sucede sólo de forma abstracta, un infinito número de descargas eléctricas, corrientes de energía, fuerzas naturales, y millones de consciencias individuales provenientes de otra conciencia única y omnisciente. Soñar no es distinto de "vivir". Ambas acciones son no más que percepciones. El mundo de los 'despiertos' es menos real que el de los 'dormidos'".

Hay una especie de Déjà vu, como una escena que se repite en un film. "¿Una consciencia omnisciente?, ¿Acaso cree usted también en Dios?" Pregunto con asombro. "¿Dios? Dios existe, al igual que tú y que yo. Pero para Dios tu nombre no tiene importancia, ni el mío, ni siquiera el que le hemos puesto; lo que somos en el mundo no tiene importancia. Por eso, si prefieres llamarle Dios, pues muy bien. Pero 'Dios' no tiene nombre. Dios es la consciencia colectiva, de donde salimos nosotros, las consciencias individuales. Para Dios no hay mal ni bien, sólo esa vana representación nuestra que llamamos hombre se anima a vivir entre esos conceptos tan limitados. Dios no nos creó. Simplemente nos desprendimos de él." Temblaba. "Entonces,

¿No hay un plan divino?, ¿El pecado no existe?, ¿Adán, Eva, la vida eterna?" Me esforzaba por no mirar a Schopenhauer, con su sonrisa ridícula, su bigotito, y su sombrero de hongo.

"¿El pecado?, ¿Qué es el pecado? Nada de lo que piensas en términos materiales existe. Adán y Eva son símbolos, como lo es Roma, Cartago, Krisna, Ea...son símbolos, experiencias, mensajes de otras consciencias que intentan entender su paso por la existencia". "Entonces, ¿La historia no existe? Está usted loco..." "Ni la historia existe, ni el tiempo, ni los siglos que el hombre cree que ha vivido. La existencia no tiene medida, no hay tiempo, no hay historia. Nunca hubo un Edén, ni Egipto, ni New York. Todo esto es invención del mundo. Es un velo de información, accidentes de nuestra consciencia al ser incapaz de entender su trayectoria".

Schopenhauer abrió los ojos y dijo, "Se nos hace tarde, se acerca la mañana". "Si el mundo no existe", pregunté airado, "entonces, ¿Qué falta hace que nos dispongamos a destruirlo?" "No destruimos el mundo; no podemos destruir lo inexistente. Vamos a destruir la ilusión del mundo, y así nos libramos de la inconsciencia".

Cuando no pude más, pregunté con la voz rota, como un huevo que se cae, al borde de unas lágrimas que me quemaban los ojos. "¿Quién diablos es usted?" El hombre se acomodó el libro en un bolsillo imposiblemente hondo en el que otros miles de libros descansaban como muertos, y, sin mirarme, respondió con la voz más gastada que jamás haya escuchado, "Pues, ¿Quién más?, Berkeley."

Los Chivos de Cirilo

"…es muy puntual el Diablo…"

Pedro Calderón de la Barca

Para cuando Carlos cumplió sus catorce años de edad, ya se decía que no tenía miedo. Aquella tarde supo poner ese rumor a prueba. Aunque estaba en pañales, la tarde ya era una bola de fuego. No había brisa ni por lástima, y se notaba en lo pegajoso de los sudores, y en las ramas de los árboles que, de tan quietas, parecían esculpidas en yeso.

Iban él y Luisito, el hijo menor de doña Estela, correteando y jugando rumbo a la loma. Llevaban chancletas y franelas sin mangas, y un hambre crónica y visceral. Carlos tenía en el estómago no más que un pan de agua *allantao* de mantequilla y un jarrito de café. Luisito, seguro, no había tenido mejor suerte. Como el almuerzo era incierto, o en el mejor de los casos, tardío, se fueron en paso ascendente en busca de mangos, y, si había dicha, de guanábanas. Esas lomas no eran muy altas, pero estaban *timbí* de una grama verdecita y de árboles cuyos coyojitos ni se veían. A lo lejos había vacas, mulas, chivos, y un arrozal como del tamaño de Cuba. La empalizá comenzaba precisamente al pie de esa loma, donde acababan de hallar una mata de mangos, y se extendía como la muralla china hasta el fin del mundo, a donde los ojos se ponen llorosos y la vista se nubla.

Luisito vio a Carlos trepar expertamente el árbol. Así, oscuro a contra sol, parecía el eslabón perdido entre hombre y chimpancé. Cuando ya había mordido un mango verde, oyó la voz nerviosa de Luisito. *"Cailo, yo creo que eta son la tierra e Cirilo".* Carlos lo miró sin interés o sorpresa. *"Ese hombre tiene pato con ei diablo. Mejoi vámono pa otra loma".* Dijo, asustado, el enclenque. Carlos le tiró un mango, mientras mordía el suyo, y *relojeaba* entre las frondosas ramas. *"El caso del hielo"*, diría Carlos años más tarde, las pocas veces que contó la historia.

De repente, una brisa. La mata se *remenió*, y Carlos tuvo que asirse con fuerza del tallo para no caerse. *"¡Oh coño!"* exclamó en voz alta. Luisito miró para todos lados. *"Cailo, coño, bájate diahí y vámono, que ese hombre e brujo"*.

Otro brisero y ya la tarde, que se había sentido como una caldera, parecía sacada de Diciembre. Carlos, aunque no admitía miedo alguno, empezó a bajar. *"Tú si ere pendejo, Luisito, mieida"*. Lo dijo mirando a todas partes. Los dientes habían empezado a chocarles uno con otros del frío. Cuando estaba ya en el suelo, parado al lado de su amigo, vieron petrificados la imagen de algo que aparecía de a poco por la inclinación de la loma. Sus corazones latían desquiciados. Era un chivo.

Pero desde que lo vieron supieron que no era cualquier chivo. En cuatro patas era más alto que cualquiera de ellos. Tenía un pelaje negro, abundante y alborotado, como el de los gatos, los ojos rojísimos como dos gotas de sangre luminosa, y de la nariz exhalaba un humo denso y expedito. Los muchachos, cagándose del miedo, apenas sí respiraban. Sin demora, el chivo infernal (que resabiaba como los toros, ladeando su enorme cabeza) los miró fijamente, al tiempo que abría el hocico. El sol les cegó por un brevísimo instante: el chivo tenía dos gruesas hileras de dientes de oro. Cuando habló, ya los muchachos habían empezado a correr, pero pudieron oír cuando el raro animal les dijo, *"Yo soy el diablo"*.

Lo que ocurrió luego es confuso. Sé que corrieron sin parar hacia sus casas, y que al contar lo acontecido, les dieron sus coscorrones por andar de leventes por tierras ajenas. Quizás eso fue todo. Lo raro es que tengo otras imágenes, que se incluyen entre las que conforman la recolección del relato. Sospecho, sin embargo, que mi memoria anda defectuosa, mezclando una historia con otra. Al concentrarme, veo a Carlos en su casa, desafiando al diablo. Fue quizás un momento de rebeldía, una inconsciente insistencia por mantener su fama de *guapo*, o quizás, como ya dije, eso es parte de otra anécdota, o de otro protagonista. El asunto es que Victoria, la madre del susodicho, le estaba reclamando al mozalbete, *"Deja de ta llamando ese pájaro…por eso es que te sale"*. *"Que venga, ya yo tengo mi machete, que venga ¡a vei si e veida!,* decía envalentonado el muchacho, quizás por el oxidado machete en su diestra.

La tarde terminó sin más aspavientos. La noche cayó entera y de repente, devorando todo en su negrura. Cuando dieron las once en relojes vistos en otras partes del mundo, Carlos dormitaba en su cama. La silueta en la ventana apareció sin aviso. Raudo, le echó mano al machete, que descansaba a un lado de la cama. Se sentó, se echó hacia atrás, se recostó de la pared. Pasaron cinco minutos. Los dedos que asían el machete le dolían. Nada en la ventana, sólo la noche que le parecía un cuadro hecho con petróleo. Lentamente, involuntariamente, lo fue derrotando el sueño, deslizándose hasta quedar boca arriba. Cuando abrió los ojos, el diablo le miraba con los mismos ojos de fuego y sangre con los que lo había mirado el chivo de Cirilo aquella tarde. El chivo con los dientes de oro.

Victoria entró asustada. Carlos había estado gritando como loco. *"Muchacho ei diablo, ¿Qué e lo que te pasa?"* Entonces lo vio. Carlos tenía la piel del color de una tiza, como si le hubieran drenado toda la sangre. Tenía los ojos desorbitados y un espanto hondo tatuado en el rostro. Su boca parecía haber perdido la capacidad de cerrarse, y el machete le temblaba en la mano, como de un frío terrible.

Carlos no volvió a las lomas de Cirilo nunca más. Tampoco volvió a llamar al diablo. El cuarto parecía una cebra: Carlos, cuando vio que el diablo se le venía encima, le entró a machetazos. Arremetió con el oxidado machete a diestra y siniestra, acertándole a las paredes, las cortinas, los bordes de las ventanas, la lámpara, la sábana…

En el 2005, tomándonos unas cervezas, le pregunté si era verdadera la historia del chivo de Cirilo con los dientes de oro. Con un inusual brillo en los ojos, asintió, mientras se pegaba un trago largo. Luego cambió el tema. Noté que se puso algo nervioso, y se pasó un rato mirando a todos lados, como quien espera un acontecimiento inevitable.

Ewig, Count of Saint Germain: a treatise on immortality

"...un hombre que no muere y que todo lo sabe..."

-Voltaire, acerca del Conde de San Germán, a quien él apodó The Wonderman (El Maravilloso).

En 1938, el Dr. Maerd Orar, treinta años y ya un erudito, conoció a Ewig en el lobby de un hotel. Leía *Phänomenologie des Geistes* de Hegel y bebía un líquido rojo. Durante cinco horas ininterrumpidas discutieron la selección natural de Darwin, las diferencias críticas entre Marx y Engels, la fallida apreciación de la crítica en favor de *Les Contemplations de Victor Hugo*, entre otras cosas.

Ewig, el doctor notó, tenía aires de realeza y memoria de genio. Hablaba con gran elocuencia y con un acento que nunca ubicó. Le admiró en silencio, deseando que aquella conversación no llegara a su final. Era alto, de hombros discretos, y traje impecable. En sus ojos, un constante destello les hacía misteriosos, y su rostro lucía un tanto pálido. Había algo más, algo que el doctor no logró descifrar, pero que le persiguió cada noche desde entonces.

En cincuenta y dos años, Ewig le hizo cuatro visitas y miles de cartas, algunas de ridículas extensiones. En 1967, viajaron a Roma, luego a Nueva York, a la mansión que Ewig llamaba *Mein Himmel*.

La noche de la duda, Ewig había bebido demasiado y hablado mucho más. Cansado y ebrio, habló en lenguas que el buen doctor ignoraba, y luego cayó dormido profundamente. Durmió como si hubiera muerto, y el doctor, insomne y curioso, recorrió la casa y sus cosas. Al otro día, el Dr. Orar ya no era el mismo. Secretamente le temía.

La última vez que se vieron, Lissa, la esposa del Dr. Orar, había llamado a Ewig con un ruego. El doctor agonizaba. Su abogado, Mr. Smith, arregló la visita. Como condición, sólo ellos estarían en casa. Ewig le visitó el 8 de Agosto del 1990. Permanecieron encerrados dos horas. Cuando Lissa regresó, lo halló temblando, repetía: *el mismo rostro, el mismo rostro.*

Para Diciembre había recuperado su salud física, pero, aparentemente, había perdido la mental. Ewig no contestaba sus cartas. Su número estaba fuera de servicio. Se pasaba los días leyendo y en las noches escribía. Lo consumía una agobiante obsesión, algo que le mordía el alma, que le iba arrastrando precipitadamente por los arduos senderos de la locura. Visitaba las oficinas de récords personales, los museos, la vieja ciudad. Llevaba consigo una fotografía de Ewig, preguntaba si alguien le conocía, si alguna vez le habían visto. Algunos le miraron con curiosidad y cautela, como se mira a quienes aparentan iniciarse en la demencia. Otros, muy pocos, demasiado ancianos para depositar en ellos alguna confianza, dijeron que sí, que le conocían de cuando eran jóvenes. Sin titubeos agregaron: es un demonio.

El Doctor no dudaba que lo fuera. En poco más de medio siglo, Ewig no había cambiado en nada. Las pocas veces que lo vio, con diferencias de docenas de años entre ellas, lo único diferente de aquel hombre era su vestuario.

En un arranque impetuoso, viajó a New York. *Mein Himmel* yacía abandonada. Apenas un mayordomo acomodaba cuanto podía en espera de la muerte. Permaneció todo un día entre las pocas cosas de su amigo. Lloró. Empeoró su salud. Probablemente fue el único con pruebas contundentes de que Ewig no era un hombre normal. Aquella noche del '67 había robado fotos, cartas, pergaminos, daguerrotipos, pinturas.

Viajó a Francia, al Louvre. Fue su último viaje. Un amigo, experto en antigüedades, parecía poseído al sostener en sus manos una carta en francés, apenas legible. Le aseguró que la había escrito el Conde Cagliostro en el 1766, y que estaba dirigida a un tal Príncipe Leopold. El doctor había leído ese nombre al pie de una pintura, en una pequeña placa de oro, en uno de los pasillos de la mansión. El hombre en la pintura era Leopold George Rákóczi, hijo de Francis II Rákóczi, príncipe deTransilvania en los 1700's. El hombre de la pintura era, sin dudas, su amigo Ewig. Un daguerrotipo, en el que se veía a Ewig con un hombre muy alto, era del 1871. Un auto-retrato, firmado The Wonderman y dedicado a Voltaire, tenía fecha escrita en caligrafía que databa del 1773. Una maltrecha fotografía a blanco y negro mostraba a Ewig vestido de vaquero frente a una comisaría. Un hombre yacía aparentemente muerto a un metro de sus botas. Un pergamino con un breve poema escrito en italiano, ya casi difuso por el moho y el tiempo, parecía ostentar la firma de Gian Gastone, el último de los Medici. Estaba fechada Julio 9, 1727.

**

En el 1999, enfermo y solo, el doctor Maerd Orar se lanzó al Rhin y murió ahogado.

Cinco años más tarde, Mr.smith publicó en su honor un cuento que pocos leyeron y nadie creyó: *Ewig, Count of Saint Germain: a treatise on immortality.*

Ultima filosofía en un elevador del Huacalito

"...el sabio habla porque tiene algo que decir, el necio, porque tiene que decir algo…"

-Platón

"La prueba", dijo el borracho, "ta en el momento que se nace". El sabio le miró de reojo y reanudó luego su lectura. La maestra, asustada, no dejaba de tocar el botón de emergencia. "Doña, ya suelte eso, que eto lo resuelven de una ve", dijo el obrero, mientras con el rabillo del ojo observaba al borracho. "¿Ute ha vito acaso alguien que decida nacé en ete jodío mundo? Dígame, porque yo no conoco el primero que haya dicho 'yo voy a nacer', aquí to el mundo viene obligao...y no solo essso, que to el mundo también se muere obligao...nadie quiere moríse". La Doña estaba asqueada por el borracho parlanchín. "...uté tiene razón en eso, nadie quiere moríse..." Comentó el obrero. "Sí, amigo, pero ese no ejel punto...el punto e que ete señol cree que uno hace su propio detino, y eso no e veldá...en eta vida lo que hay e la ilusión de tené control..." El borracho, al decir esto, quiso hacer un ademán, pero el equilibrio no le daba para tanto, y por poco se cae. "Coño, ¿Y e que ya arrancó el elevadol ete? Me toy cayendo..." "Eso es el jumo que usted tiene..." Comentó la maestra, cortándole los ojos al ebrio. "¡Esto no se ha movido aun, dios mío!" El sabio, apartándose de su lectura, preguntó, "¿Entonces usted cree que el destino de los hombres está escrito?" "¿Ecrito? ¿Cómo ecrito? Eso e peol. El detino de los hombresss es un dao...un dao que se tira a vel qué suerte o desssdicha le cae a uno". Contestó el borracho. "¡Oye ahora!" Dijo el obrero, "ute cree que to es cuestión de suerte entonce, no se faje a trabajá a ve a dónde ute va a llegá". "Suelte no rige detino, caballero, pero el detino e aleatorio, eso no tiene control". Replicó el borracho, al tiempo que sacaba la botellita del bolsillo del smoking, que le quedaba al menos una talla grande. "Alea... ¿Qué?" Preguntó el obrero. "A-le-a-to-rio...", descuartizó en sílabas la maestra con aires magisteriales. El sabio retomó la palabra. "Entonces la idea es que el hombre no tiene control de su propio destino y que, además, el destino no está pre-ordenado. ¿Es así?" "¡Así mimaso!" Respondió el borracho, casi salpicando a los demás de agua ardiente. "Entonces, ¿Qué o quién rige los destinos del hombre, según usted?" Preguntó seriamente el sabio. El obrero, casi indignado, interrumpió, "¡Dio! ¿Quién ma? Dio es el que decide lo detino de uno, amigo, eso lo saben hata lo chino de Bonao". Dicho esto, el obrero miró al borracho y a la maestra, en busca de corroboración. Pero el borracho se echó a reír. Y dijo, " ¿Cual dio? ¡Tú sabe cuánto diose ha habío dende que el mundo e mundo, mijo!" Incrédulos, la maestra y el obrero, como ensayado, se persignaron al mismo tiempo. "Ute e guapo que habla así de Dio, primo, ute debe ir a la iglesia a arrepentise ante que se le haga talde". Dijo el obrero con pesar legítimo. "Es un burro...", murmuró la maestra, de esa forma silenciosa pero audible del pica pleito. "¡Ah el burro soy soy! Y la que cree en diparate e uté...mire doña, utede viven sin entendel na de lo que pasa en la vida. Eso e lo ma grande, cuando la gente pasa pol la vida acetando to la mielda que le dicen, sin preguntá de dónde sale to esa basssofia...mírese uté, uté cree en Dio, eh, pero le dice a la vecina que e una inculta polque cree en el mimo Dio que uté, pero de otra religión. Uté cree en Dio, pero le dice loco a cualquiera que le diga a uté que cree en otro Dio. Utede son tan ingenuo, la gente que se cría como ganao, como vaca y chivo, comiendo yelva y haciendo to lo que lo que tan arriba de utede le dicen que haga, que nunca se han preguntao cómo e que un hombre que habla solo ta loco cuando utede se la pasan hablándole a un sel que utede nunca han vito, que nunca le ha contetao... ¿Eso no e habla solo? ¿Eso no e de loco entonce? ¿O e que la locura e individual y cuando se hace plural ya no e locura?" El borracho decía todas estas cosas de forma casi milagrosa, balbuciándolas, mejor dicho, tratando de mantener el equilibrio. El sabio, que ya había olvidado su lectura, le estudiaba. Al fin dijo, "Entonces no existe Dios, el hombre no decide su propio destino, y el destino tampoco está predispuesto. ¿Tiene usted alguna teoría acerca del destino del hombre, más que el azar?" El obrero miraba al sabio con curiosidad y algo de respeto. Después de todo, hablaba con finura, utilizando palabras grandes y misteriosas, como las de Leonel, y vestía sencilla, pero pulcramente. Cuando le tocaba mirar al borracho, lo hacía con desdén. Era evidente que el borracho era un necio y un hereje. La maestra, que aunque sentía deseos de opinar, no lo hacía, estaba cada vez más asustada por el encierro. "¡Ay Dios mío, y es que esta gente no van a venir!" "Tranquila, cariño, que seguro su Diocito le tiene la vida etelna envuelta en papel de celofán". Dijo el borracho irreverente, para luego estallar en carcajadas, que casi lo echan al suelo. "Mire, no me dirija la palabra, ¡mamarracho!" Sentenció la maestra indignada. El obrero se rio del insulto, aunque no sabía exactamente qué significaba. "Repete, amigo, repete a la señora". Dijo conciliador. "Eso e lo que yo no entiendo de lo religioso. Son la gente ma sensible y meno tolerante. Pero na, volviendo al tema, caballero, que uté sí tiene pinta de que sabe ecuchar, el dessstino de losombre e una mezcla constante de buenas, malassss, e ignorante decisiones, salpicado de mezclasss ajenas con la misma característicasss, y algo de azar. E, como dicen lo gringo, un Cocktel! Y volvemo al nacimiento. Nadie decide nacer. Dosss gente se juntan, se acuetan, son do idiota que no se protegen, y la mujel queda preñá. A lo nueve mese sale uté. Pero uté no tiene consciencia, uté no sabe lo que ha pasao, uté no sabe a dónde lo han traío...uté e un niño sin vo ni voto. Entonces qué pasa, lo comienzan a condicionar a uté, dende chiquito comienzan a metele diparate en la cabeza, a hablale fantasía, a hacerlo cree a uté vaina que no son veldá, pero como uté no tiene forma de sabe qué e veldá y qué e mentira, y como a uté lo trajeron esa gente, y son lo que lo cuidan y lo que le dan comida y juguete, uté le hace caso a to la caballá que dicen. Y así se cría uno acetando sin preguntal por qué eto es así y pol qué eto es asá. Hay gente que no sabe na del mundo. ¡Na! Hay gente que ve, que mira, y nunca se ha preguntao cómo e que funcionan los ojo. Y se miran al epejo, y nunca han sentío curiosidad de pol qué se puede ve uno en el epejo y no en una paré. Y son tan chivo y tan vaca, que al que se le ocurre preguntar esas vainasss, lo miran como que ta loco. Ete tipo, Laplace, habló de causalidá, asión y reasión. Y ahí e que la gente ta peldía, la gente vive quitá de la realidá, y hace la vaina eperando que no pase na malo, ¡Oiga esa vaina!, y !cómo epera uté que no le pase na malo si uté ta haciendo vaina que talde o temprano pueden salí mal! ¡No sea bobo! To lo que uté hace en su vida, chiquito o grande, tiene con-se-cuen-cia. Y lo lindo del caso e que la consecuencia no se correponde mucha vece con el tamaño de lo que uté hizo, porque, como ya le dije, el detino no e solamente una cosa que le afeta a uté, polque uté no vive la vida "fuera" de la vida de losotro; la vida suya y la vida de losotro e una sola vida que se coneta, polque la asione suya afetan la vida de lo demásss. Sería muy chulo hacé diparate y que eso diparate no tuvieran ningún efeto en las otra gente, pero esa no e la vida, papá. Cuando uté se bebe su trago, "polque e su maldita vida", y sale a manejal, y tiene un acidente, si uté se matara solo, no sería na, pero no, uté mata o latima otra gente, que no tenía en su detino andal juyendo, que no había tomao alcohol presisamente cuidándose de no tener un acidente. Pero aún si uté no mata a nadie, oiga bien como e eta vaina del detino, uté se va a manejal borracho y choca con un palo de luzzz, y lo rompe, y uté se rompe el cuello o algo así, uté ta afetando la vida de una cantidad X de gente, lo que son paramédico, lo que se paran a curiosiá, lo que tienen que trabaja hora etra, y ni hablar de lo que se quedan sin eletricidá porque se cayó el palo e luz, de lo ladrone que aprovechan la ocuridapa asaltá… ¡Uté ta loco, eh! Aquí no hay control de na, uno lo que tiene que hacéesss e tal depielto, no andar pol la vida dolmío, sin cuetional nada, sin preguntarse el polqué de la cosasss, por eso e que tamo como tamo, por andá de loco viejo creyendo en va a llové y en mitología y diparate".

"Dios mío, perdónalo que no sabe lo que hace". Oró la maestra. El obrero miraba al borracho casi con pena, como se mira quizás a quien se sabe que no tiene salvación. "A uté le epera mucho fuego en el infielno, primo", dijo el obrero. "¿El infielno? El infielno y el cielo tan aquí, en ete elevadol". La maestra se persignó nueva vez. El sabio, ligeramente sorprendido por los razonamientos del borracho, le preguntó si había estudiado alguna carrera. El borracho emprendió otra de sus peroratas, esta vez despotricando contra el sistema educativo y los negocios ilícitos entre los colegios privados y el departamento de educación. De un momento a otro, un fuerte ruido y una sacudida, que los hizo callar a todos, y el elevador revivió. " ¡Ay Dios mío! Al fin!", exclamó la maestra. El sabio, sabiendo que había concluido la curiosa conversación, se devolvió a su lectura, no sin antes echar un vistazo al otro sabio, que yacía borracho. El obrero, sonriendo como quien ha ganado una partida de naipes, miraba a su alrededor, como esperando una palmada en el hombro. Entonces el borracho miró a la maestra y al obrero, y dijo, sonriendo burlón, con aire de profeta: "No cante vitoria, doña, que todavía tamo en el décimo piso y eto cable se pueden rompé..." La maestra quiso decir algo, pero un estruendo terrible no se lo permitió. El elevador se precipitó al vacío, como cuando uno suelta una piedra desde un balcón.

Teología 011

"... ¿Tiene Dios la intención de erradicar el mal, pero no puede? Entonces no es omnipotente.

¿Puede, pero no está dispuesto a hacerlo? Entonces es malévolo.

¿Puede y está dispuesto? Entonces, ¿Por qué no lo hace?

¿Ni puede, ni está dispuesto?

Entonces, ¿Por qué le llamamos Dios?..."

-Epícoro

La madrugada estaba hecha un ovillo, amarrada de silencio. El hombre en su cama era lo mismo: un ovillo dormido. Nada lo despertó. Al menos nada externo. Se despertó solo, por esos descuidos de Morfeo. Bostezó. Su mal aliento le recordó besuqueos que duraron más de lo debido.

Se levantó de un tirón. Tenía que orinar. No tropezó porque vivía allí ya desde el génesis. Aunque estaba demasiado oscuro, podía andar la casa con los ojos cerrados. Orinó con los ojos cerrados, se sacudió con ojos cerrados, volvió a bostezar con ojos cerrados.

Al salir del baño oyó un ruido. Abrió los ojos a la densa penumbra, como si fuera a ver algo. -Los ojos recién abiertos a una sombra absoluta juegan a ver siluetas de sombra entre las sombras- Esperó. -Uno oye un ruido en la oscuridad y el primer instinto es esperar- Esperó. Nada. Otros cinco minutos. Nada. Volvió a su cama. Pasaron veinte minutos pero el sueño lo había abandonado.

Miraba al techo, pensaba en cosas triviales mientras sus ojos se ajustaban a la lobreguez del cuarto. De repente sintió sed. No lo podía creer. Tendría que pararse de nuevo. Esta vez caminó con los ojos abiertos. Llegó a la cocina, abrió la nevera, agarró el vaso, y, de súbito, un leve movimiento captó su atención. Eran hormigas. Una hilera de hormigas. Cuarenta, cincuenta. Cerró la nevera sin beberse el agua. Se le acababa de ocurrir una idea. No, ¿qué idea? Una revelación. Volvió al cuarto, ansioso como un niño buscó en el armario. Halló lo que buscaba. Sonreía. *La madrugada y el silencio*, pensó sin mucho sentido, como en un código filosófico y místico que sólo él podía entender.

Volvió a la cocina. Llevaba en las manos un foco, un altavoz, y las abstractas reverberaciones de aquella epifanía. Se acercó sigiloso. En su mente ensayaba el discurso. No era posible esconder su entusiasmo. Pensó entonces en el principio, y el pensamiento le dio una sensación casi sagrada, como si se elevara, como quien trasciende el plano material y se hace etéreo, se hace uno con el universo, y se desprende de lo terrenal de cuajo. Cerró los ojos con fuerza. Su mente viajaba a un punto allende la frontera de lo onírico. Sonreía. Pensó en Diana. Le habría gustado que le viera sonreír en ese momento. Aquella sensación de estar envuelto en un grueso aro de divinidad le hacía creer que levitaba. *Dios no existe.*

Era una voz como la suya dentro de su cabeza. Sabía que no era la suya, pero era como la suya. *Sólo el hombre existe.* Fluían dos corrientes de pensamiento en su mente: la que hablaba con pasmosa convicción y le confiaba los arduos secretos del universo y la existencia, y la otra, la suya, que le aseguraba que todo esto sucedía, ciertamente, en la vigilia, que no era un sueño, que estaba de pie tras la pared que daba a la cocina sosteniendo en sus manos un foco y un altavoz. *Los dioses Son tan antiguos como la necesidad del hombre de darle sentido a su existencia. Los dioses fueron creados por los hombres, en la mente de los hombres.* Y su propia voz le decía que sí, que la otra voz tenía razón, que los dioses son la salvación del hombre cuando no acepta su irrelevancia en el universo.*Las mitologías de ahora fueron las religiones de antes. Dentro de mil años Jesús en el Gólgota será una leyenda como Teseo matando al minotauro. Zeus, Ra, Vicarocha, Shiva, Odín...todos fueron Dios.*

Yo también puedo ser Dios, dijo su propia voz con la mayor convicción de toda su vida. Entonces ambas voces callaron y él sonrió. Tomó dos pasos, levantó el foco, el altavoz, los encendió. La potente luz del foco viajó instantáneamente, iluminando como un poderoso puente blanco que dividía la oscuridad. La luz cayó de lleno sobre las hormigas. Por un instante fugaz, todas dejaron de hacer lo que hacían. Permanecieron estáticas, confundidas quizás. Entonces escucharon la voz estruendosa que llegaba desde las alturas, justo desde donde les llegaba también la luz.

He aquí que he separado la tiniebla de la luz y he visto que es bueno.

La Sorpresa

"...el hombre ve lo que quiere ver..."

-Rick Riordan, en 'The Lightning Thief'

Tres semanas. Esta noche a las 7:57 exactamente hará tres semanas. Hay un eco de su voz en su mente. *Voy a casa de Vivian, amor, y luego a la tuya. Te tengo una sorpresa.* Sólo un eco. Como una grabación que el tiempo y el desuso han corrompido. No es exactamente el timbre de su voz, sino una versión de la misma. Débil, agonizante. En los últimos tres días ha venido debatiendo si fueron esas sus palabras, como si eso fuera importante. *Voy a donde Vivian, y luego a tu casa, mi amor. Te tengo una sorpresa.* Su voz había sonado alegre, promisoria. *¿A dónde te fuiste, Diana?* Se lleva ambas manos a la cabeza, se pasa los dedos por el pelo. Las lágrimas comienzan así, como un ardor leve detrás de los ojos, un impulso sobrecogedor. Mira la hora. 7:48p.m. Cuando a uno lo invaden a la vez la tristeza y la ira, una cosa amplia le sube por la garganta. Una cosa que amenaza con ahogarlo. La impotencia lo desarma; lo hace echarse hacia atrás. Se recuesta. El techo yace difuso y lejano. Vivian tiene cara de lince en sus recuerdos. Siempre creyó que Vivian odiaba a Diana, le envidiaba. Esa creencia ha sido confirmada desde el día de navidad; desde ese maldito día. O mejor dicho, desde el día siguiente, cuando en lugar de preocuparse como todos los demás, insinuó que se había marchado con otro. Nunca había sentido rencor hacia nadie, pero Vivian se lo había ganado. *Diana siempre ha sido egoísta. Seguro se ha marchado y no se ha molestado en avisarnos. No sería la primera vez.* Si un ser humano pudiera ser venenoso, sería Vivian.

Sin embargo, aunque le duela, ya hacía días que había comenzado a darle cierta credibilidad a sus insinuaciones. La semana después de navidad, al ir a casa de los padres de Diana por unos libros, halló en su cuarto un pedazo de papel. Había un verso escrito en caligrafía. "Ya no hay más sueño que mi rostro en tus senos/ya no hay más musa que verte dormir." No estaba firmado. El padre de Diana había dicho que era su letra, pero Vivian dijo que no. La policía aparentemente no había visto el papel. Los Padres de Diana no estuvieron a gusto con aquello, pero los había convencido de que era importante dar parte a la policía. Al principio se habían asustado: pudo haber tenido un accidente. Se llamaron unos a otros. Nadie había oído de ella desde más o menos la misma hora de la llamada a Damián. La preocupación había comenzado a la hora de la cena. Los regalos aguardaban, multitud de colores bajo un árbol de seis pies.

Piensa con pesar que a Diana le habría gustado su regalo. Aun está en el closet. Esperando. A veces fantasea que ha vuelto, que entra sigilosa y le sorprende. En sus fantasías, tiene el rostro iluminado y sus facciones son como las de ella, pero no son exactamente las de ella. La memoria es una cosa imperfecta, que progresivamente va degradándose. Lo sorprende sobre la cama, se le echa encima, lo besa. El le pregunta a dónde ha estado, pero prefiere reír y besarla. Ella sólo sonríe, no dice nada. *¿A dónde te has ido?* A veces no logra parar las lágrimas. Dos noches antes había recordado: llegó a la Universidad y la halló en el teléfono. Colgó cuando lo vio. Se preguntó confundido, un nudo en la garganta, qué había significado aquello. ¿Acaso Diana estaría saliendo con otro hombre? Le asquea sentir lo que siente; pensar aquello: era posible que Vivian tuviera razón después de todo. Dos años antes, Diana se había marchado. *A California*, le confesó su madre, llorando. *Se fue una mañana y no llamó hasta la semana siguiente. Dijo que estaba cansada de la rutina.*

Algunas noches la rabia es casi incontrolable. Algunos días solo siente tristeza. Había soñado con darle un anillo este mismo año. La amaba. La ama. Lo sabe. Sale. Ya no le va bien en el trabajo. El jefe le ha concedido treguas, pero ya le están mirando mal. No se concentra. Es muy rápido, tres semanas no es mucho tiempo. Sin embargo, por dentro siente que es demasiado tiempo. 7:57pm. Exactamente tres semanas.

Se despierta. Lo primero que nota es un olor extraño. Trata de imaginar qué puede ser, pero no lo reconoce. Es un mal olor. Sale hacia el trabajo. Hace frío. En el camino ve gente pasando a prisa. Algunas muchachas se parecen a Diana. Quizás no. Quizás es solo que cualquiera se la recuerda. Así es que se extraña. Uno tiene que hacer cosas en la vida, pero la mente se devuelve hacia quien no está. Por eso se sumerge en la música. El sargento le dijo que probablemente se había marchado. No le habían agradado las preguntas de los detectives. Querían saber si habían discutido, si la celaba, si sospechaba con quién podía haberse ido. La impotencia se sentía entonces como una montaña en su espalda. Ahora no hay impotencia, solo enojo. Las canciones parecen hablarle de ella, como si quien escribe y quien canta hubiesen acordado lastimarle. Ya ha empezado a resignarse. Yolanda, una prima de Diana, de California, contó a la familia que Diana le había enviado emails, un par de semanas antes de navidad, confesando que estaba confundida, que no sabía si estaba preparada para una relación seria. *Sí, así es Diana, es una irresponsable. En lugar de enfrentar la situación, se marcha sin decir nada.* Vivian, su veneno esparcido. Les ha pedido que no hablen más del tema, que si Diana llama o regresa, que no le digan. Mira hacia afuera, la ciudad ya no es tan Hermosa.

7:51pm. El tiempo sabe deshacer las cosas. El rostro de Diana no permanece en su memoria. Su voz es cada vez menos su voz. Más resonancia que sonido; más fantasía que recuerdo. *Voy a donde Vivian, mi amor, te tengo una sorpresa.* Camina a la cocina. Ahí está ese mal olor. Piensa que las palabras han cambiado totalmente, solo recuerda con claridad lo de la sorpresa. *¿Era ésta tu sorpresa?* Mira a todos lados, como si pudiera ubicar a simple vista de dónde procede el mal aroma. Tiene que limpiar la casa. Se ha descuidado mucho. Suena el teléfono. Roberto. No tiene ganas de salir todavía. Sabe que le conviene, que estar encerrado no es aconsejable. Roberto le deja un mensaje: *ya olvídate de esa mujer, hermano, vamos pa' la calle, dog.* Sabe que tiene razón. Definitivamente el mal olor se ha intensificado. 7:57pm. Cuatro semanas. Damián se toma un trago y piensa que parece mucho más tiempo.

El avión aterriza sin contratiempos. Cancún es, desde el primer paso en la pista, todo lo prometido. Alguien le entrega un trago desde antes de recoger las maletas. *Diana quería venir a Cancún.* Sacude la cabeza. Roberto le ve la melancolía en la mirada y le dice que se olvide de todo eso, que han venido a divertirse. Se ríen. Unas muchachas les miran coquetas. *Diana es así. Prefirió marcharse.* La voz de Vivian le llega más clara que la de Diana. Cancún promete más de una aventura. Roberto le ha convencido. Le compró el pasaje; incluso habló con su jefe para que le diera los días. *Está bien, Bro, Vámonos para Cancún; bitch is gone anyways.* Roberto asintió entonces. Estaban en la sala de su casa. *Shit! ¿Qué hedor es ese, loco?* Damián asintió. *No sé, hace días que está así.*

La gente del servicio de limpieza llega a los veinte minutos. Damián acaba de llegar de Cancún y, al entrar, la fetidez es insoportable. El supervisor le asegura que lo más probable sea un animal muerto en algún lugar. *Yo no tengo animales.* El supervisor le asegura que no hay de qué preocuparse. *Probably a squirrel or something. We'll let the house clean as a palace, smelling Bueh-no!* A Damián no le hace gracia el chiste. 7:21pm. Uno de los gringos llama al jefe, dice que el mal olor viene de la chimenea.

Bingo! El supervisor exclama, algo más alegre de la cuenta. *We got it, Mr. Gómez.* Damián piensa que Diana seguro estaría mandando a estos hombres a revisar aquí o allá. Roberto llama. *Dímelo, ¿Te llamó la rubia ya?* La rubia es Verónica. La acaba de conocer en Cancún. Tuvieron sexo. Pensó muy poco en Diana en Cancún. Roberto tenía razón. *No, bro, acabamos de llegar.* Se echan a reír. *Holy shit! What the fuck!* Grita un gringo. Hay un estruendo, algunas cosas se caen. Damián le dice a Roberto que espere, que los gringos están destruyendo la casa. *¿Gringos? ¿Qué Gringos?* Damián entra a la sala y ve la expresión de horror en aquellos hombres. Inmediatamente mira al pie de la chimenea y grita antes de desmayarse. Diana está llena de gusanos, disfrazada de Santa Claus.

Génesis Taíno

"...le llaman Yúcahu Bagua Maórocoti..."

-Fray Ramón Pané, 'Relación acerca de las antigüedades de los indios'

Atabei, habiendo asimilado la existencia, crea el universo. Ha sido un acto parcialmente consciente. El poder de Atabei ha creado una extensión tan improbable que ella misma es incapaz de cifrar. (Atabei no está consciente de su propio poder. De hecho, la acción de crear –de concebir o desear el crear- es una acción a priori, más un instinto que una decisión). Atabei existe entonces desde ese instante: el instante en que toma consciencia de sí misma y el instante en que concibe la creación, aún cuando ella misma no comprende lo que ha creado. (La palabra 'instante' es un recurso literario: Atabei no ha creado el Tiempo. Cualquier sugerencia de avance temporal es la incapacidad humana de concebir la existencia fuera del tiempo). Sin embargo, una vez existente, el universo y Atabei son una misma cosa, y ella lo 'siente'. Siente, más que nada, la inanición del universo. Curioso lo otro: la sucesión de entendimientos una vez adquirido el primero. Atabei ya sabe que el universo existe, pero también sabe que el universo es la Nada. Compuesto de nada, donde ninguna acción es posible. Espacio inconmensurable donde nada existe. Sólo ella, la noción de su poder, y el Universo en sí, cualidad inmanente en ella misma.

Atabei pre-siente la existencia del 'algo posible' en el universo. El Algo es la ocupación – ¿La erradicación? – de la Nada. Esta prefiguración da lugar a la creación de los planetas y cuerpos celestes. Atabei no ve la existencia, sólo la siente, la percibe o intuye. Por eso la Nada (el Universo) es –y está cubierto por- Oscuridad. Atabei no ha concebido un opuesto a la Oscuridad. No ha comprendido que al crear Algo ha inventado lo Opuesto. El Algo opone la Nada. Pero la oscuridad es absoluta.

Atabei sabe que el universo es ella y que ha salido de ella. Pero sabe también (¿Siente?) que el universo, a pesar de ser infinito, yace incompleto. Y este 'saber', este 'sentir' se manifiesta en forma de vacío en su ser abstracto. Como un hueco que, dentro de su oquedad, sabe que requiere de algo para completarse. -Como los adverbios 'luego' o 'más adelante' son incongruentes, se debe entender que todo lo narrado está ocurriendo a la vez. No hay antes o después-

Atabei, capaz de concebirlo todo –sin consciencia total de lo concebido- se percata de que la Nada está dentro y fuera de ella, de que ella precede al Universo, y de que es capaz de crear otro Algo que, como ella, sea capaz de apreciar el Universo. Ya Atabei ha desarrollado la suficiente capacidad cognitiva para asimilar la composición del Universo. La Nada está compuesta de nada. El Algo ocupa extensiones del Universo donde, debido a su existencia, la Nada ya no existe. -Donde hay Algo, no hay Nada- Por eso Atabei percibe los elementos del Universo (a todos sus niveles) y comprende la diferencia entre lo abstracto y lo concreto. Los astros son Algo dentro de la Nada. Dentro de su comprensión, cabe destacar que Atabei logra discernir la composición estructural, elemental, y fundamental de su propio poder. Es así como ella decide crear, mezclando su poder y la fábrica del Universo, a Yúcahu y Guacar.

Yúcahu y Guacar no son Atabei. No son *partes* de Atabei. Tampoco son el Universo. Atabei ha creado el ser. (Ignora que ha dado inicio a la genealogía, la sucesión, y la historia.) Dado que Atabei, la Nada y el Universo son lo mismo, Atabei comprende que Yúcahu y Guacar son dos elementos totalmente diferentes dentro del esquema de la existencia. Y dado que ha sido su poder lo que les ha creado, ellos tienen la capacidad suya de percibir, no solo el Universo, lo físico, la Nada, sino también a ella y a sí mismos. Y, más aun, que son capaces de distinguirse del resto de esas cosas, individualmente. –De una manera indirecta e inimaginada, Atabei también ha creado la matemática, la pluralidad, la cosmogonía-

Atabei se percata de algo (quizás el primer asombro), al crear a estos seres, paralela e indirectamente se ha creado un elemento extra, que delimita en su entendimiento un punto preciso y divisorio entre su existencia con y sin compañía. Atabei no lo nombra, pero intuitivamente sabe que es el Tiempo. La involuntaria creación del Tiempo presupone algo totalmente contrario a todo lo acontecido hasta entonces; y además, la comprensión de que Atabei no es omnipotente. Atabei puede hacerlo todo, pero no puede controlarlo todo. Puede saber y conocer (incluso pre-sentir) todo lo que existe, pero no puede pre-saber lo inexistente.

Ahora el Tiempo es algo que existe dentro del Universo, pero fuera de ella. Es algo que no le pertenece, sobre lo que no tiene poder. El entendimiento de que puede comprender estas cosas le lleva a otro: necesita desasociarse de todo lo creado para poder descifrar cómo controlar el Tiempo. Por ello instruye a Yúcahu y Guacar a continuar con lo iniciado. Ahora (ya cabe el adverbio) ellos quedan encargados de la creación, de dar forma a lo existente, de agregar, de restar, de inventar.

Yúcahu prueba ser el digno sucesor de Atabei, arquitecto de los cielos, diseñador y amo del mar. Guacar es tímido con su poder, observa a Yúcahu, se limita a la contemplación de la lenta creación de las formas. Hay algo que le hace maravillarse, como si él no pudiera hacer esas mismas cosas. Desde el cielo, Yúcahu es incansable. Le fascinan las geometrías, los microscópicos elementos, las fórmulas invisibles que en secreto rigen lo creado. El Tiempo no tiene poder para detenerle, su imaginación es inacabable. Sin darse apenas cuenta, ha creado la Tierra, y ha descendido a las aguas. Las olas son hechas de algo desconocido y sabido a la vez. Pero la oscuridad es algo que se le impone. Entonces, la idea: algo debe ser que oponga a la oscuridad. No bien lo piensa, de una cueva salen Boinael y Maroya.

Boinael se eleva, su cuerpo, fugaz, viaja a una velocidad que Guacar y Yúcahu no son capaces de computar. (El Tiempo atestigua y toma nota de todo lo que acontece. El Tiempo sabe a qué distancia yace Boinael, a qué velocidad ha viajado) A medida que subía, Boinael se transformaba. Casi de inmediato se ha hecho luz, una bola de fuego, una incandescencia que se impone a la oscuridad. Maroya levita. No parece tener prisa. Se marcha a un punto opuesto a Boinael, implosiona, su cuerpo se deforma, se hace fuego, pero es un fuego sin violencia, un fuego hermoso, que ellos observan plácidos.

Ahora la Tierra es el trofeo de Yúcahu. Ahora nace con la luz la verdadera belleza, la posibilidad de la admiración, los colores. Ahora pueden no solo sentir, sino atestiguar lo creado. Y ven que lo creado es hermoso, mucho más hermoso que como lo habían prefigurado.

Guacar sabe algo más: él no tiene nada que ver con aquella belleza. Todo cuanto contempla es obra de Yúcahu. Guacar experimenta entonces la invención (el espontáneo nacimiento) de la envidia. Y la envidia se siente más poderosa que él. Yúcahu lo presiente. Guacar sabe que Yúcahu sabe. Guacar se marcha, se esconde –con su envidia- entre los confines de los cielos. Yúcahu no comprende lo que ha ocurrido. Guacar era su compañía, como Atabei los había creado para que ellos fueran la suya. Y ahora Guacar se ha marchado. Una cosa sobrecogedora se apodera de él, una cosa que se asemeja a un manto de oscuridad que lo cubre. Yúcahu entiende, como lo había entendido Atabei, que el poder de crear y rediseñar el universo trae en sí máculas, que hay cosas que se crean a partir de lo ya creado; y que estas cosas no les obedecen, no les pertenecen. No obstante, la naturaleza de Yúcahu es crear, por eso, luego de crear los animales, concibe otro elemento, uno que no es ni animal ni dios, uno que a su entender vendría a completar definitivamente el universo: el hombre. Y de solo pensarlo, una brecha se abre en el cielo y salen el hombre y su contraparte, la mujer, a quienes Yúcahu cede un alma semejante a la suya, para distinguirlos de las demás especies.

Yúcahu sabe que la creación está completa. El balance del universo es perfecto. Por eso le sorprende cuando los mares se levantan y sacuden el mundo, como si quisieran destruir lo existente. Y se da cuenta de que otro dios ha sido creado, que ha surgido de la creación del hombre y la mujer: Guabanex, diosa de las trombas marinas; originaria de la violencia…

***

Fray Bartolomé coloca la pluma sobre la mesa de caoba y, mirando hacia lo alto del monte que llaman El yunque, con su halo de nubes, suspira. No hay dioses. Afuera, lo sabe, solo está lo palpable: el conquistador asesinando al nativo. Retoma la pluma con rabia y escribe...en busca de redención.

Namrem, el pintor

"...su canto, aunque irresistiblemente dulce, no era menos triste, y movía el cuerpo y el alma hacia un letargo fatal, antesala de la muerte y la corrupción..."

-Walter Copland Perry acerca de las sirenas

Escuché, en un lapso de quince años, la inusual historia de Namrem tres veces. Me he dado cuenta que la elaboración de detalles en ella fue progresiva. La primera vez fue apenas un paréntesis en otra conversación. Luego el profesor Monte de Oca la decoró graciosamente. Hace un año, mientras contemplaba el mar desde un banco de piedra en el malecón, en una de esas tardes en las que ver el mar tiene más sentido que ir detrás de la vida, se la escuché contar a un señor que vendía pasteles en hoja. Si no me traiciona la memoria, su público era un selecto grupo de turistas europeos, empeñados en la salsa hecha a base de cátchup, mayonesa y aceite que le ponían a sus pasteles, y en escuchar al vendedor, que bien podía ganarse la vida en una estación de radio. Esta última versión me motivó a acercarme al narrador e indagar un poco acerca de Namrem, acción que prefigura y da pie a este relato, y a algunas preguntas de respuestas elusivas.

El día del incidente, Namrem estaba a punto de cumplir cincuenta años. No sabría interpretar de cuánto tiempo se trata el estar 'a punto' de cumplir años, pero me pareció curiosa la expresión en sí. Dijo el pastelero que Namrem era extranjero, de desconocida procedencia; que hablaba un español tosco, pero fluido, y que se ganaba la vida con el arte de sus manos, las cuales pintaban espectaculares paisajes en cuestión de minutos. Nadie parece saber dónde vivía, ni a qué horas estaba o no en el espacio que a fuerza de costumbre había hecho ya su negocio. Namrem aparecía un día y el otro no. Pintaba los cuadros a petición del cliente y nunca repetía lo pintado. Andaba siempre con unas cajitas a cuestas, donde guardaba sus pinceles, sus témperas, sus óleos, etc. Del brazo izquierdo le colgaba permanentemente un termo con café. Namrem era de aspecto y actitud ermitaños. Tenía siempre una barba desaliñada, un bigote profuso, ojos tristes (no llorosos, no era una tristeza de amores o de familias, más bien tenía ojos secos y desprovistos de brillo, hijos de una tristeza más elemental, la de sentirse de algún íntimo e inexplicable modo traicionado por la vida misma) No fumaba con el sol afuera, ni bebía de noche. Cantaba a todas horas y su voz no era del todo desagradable. Según el pastelero, nadie pudo reconocer las letras de las canciones que atesoraba. Hubo quienes aseguraron, con los años, que las había escrito él mismo.

El día que nos interesa, Namrem llegó a su punto de trabajo más temprano que nunca. Tanto, que cuando el vendedor de pasteles pasó y le saludó, ya llevaba un cuadro por mitad y otro yacía acabado a sus pies. El pastelero recordó esos detalles claramente porque, dijo, "ese viejo no guardaba cuadros; nunca los guardaba, era como si le molestara verlos una vez terminados". Si un cliente le pedía una pintura y luego por cualquier razón no la quería, Namrem la destruía en el acto. "Más curioso aún", dijo, "era el hecho de que Namrem había pintado una mujer".

El viejo Namrem no pintaba gente. Que se sepa, nunca antes había dibujado un rostro humano. Su magnífica destreza estaba en el arte de plasmar montañas, aves en vuelo, riachuelos, flora en general...cuando su alma estaba más sensible, dibujaba el lejano boceto de dos niños corriendo. Esos cuadros trascendían toda instancia monetaria, por eso los regalaba. "Además", agregó el pastelero, "también su actitud parecía fuera de lo normal. Lucía agitado, nervioso, como si algo inmenso le preocupara". Los trazos dejaban rastros de aquella anarquía mental, pues no eran sencillos como los que normalmente dibujaba. Así se lo pasó todo el día, como hasta las seis de la tarde, dibujando sin parar, uno tras otro, cuadros de aquella extraña mujer.

Cuando el reloj marcó las seis en punto, Namrem se levantó, soltó el termo, los pinceles, el lienzo, y mirando al cielo, permaneció parado en el mismo lugar por cinco minutos. Parecía concentrado en algo, algo que ciertamente estaba fuera del alcance del resto del mundo. Sus ojos, aunque fijos en el horizonte, no parecían verlo. Más bien, con su cabeza así ladeada, parecía estar totalmente absorto en un sonido, un sonido que sólo él escuchaba. "De un momento a otro", dijo el señor de los pasteles, "sólo escuché una conmoción, ruidos de gente corriendo, gritando...instintivamente miré al sitio de Namrem, pero no estaba". El sitio, sin él, parecía más solitario que nunca. Entonces sin necesidad de verificarlo, supo que Namrem se había lanzado al mar.

No se sabe con exactitud quién o quienes iniciaron el rumor de que a Namrem lo embrujó una sirena. Pero al poco tiempo, ya toda otra versión había sido descartada. La prueba eran sus últimas pinturas. En ellas, catorce en total, el pintor había recreado una mujer de rostro angelical, de piel perfecta y mirada resentida, y cuyos labios parecían querer decir algo. Estaba desnuda, pero sólo del torso hacia arriba, pues en lugar de piernas, tenía esa enorme y escamada cola que tienen las sirenas. Dice el pastelero que parecía que Namrem la había soñado la noche anterior, o que quizás incluso la había visto. Dijo que en el momento que parecía mirar al cielo, en verdad la escuchaba llamando su nombre. El detalle que más me sorprendió (y que sólo se lo escuché al pastelero en ese momento) fue que las autoridades confiscaron las pertenencias del pintor, ya que éste no tenía familiares conocidos, y las pinturas de la sirena fueron repartidas entre los policías. Según el pastelero, ninguno de ellos vivió más de un año.

Todos se lanzaron al mar.

Isabela y el muerto de las cuatro y quince

"...Veo gente muerta..."

Cole Sear, en 'The Sixth Sense'

Desde el primer momento, Isabela supo que era un muerto. También supo que era un muerto inofensivo, por eso no le tenía miedo. Además, los muertos malos salen de noche, y a Manolo ella lo veía de tarde. A eso de las cuatro y quince, Manolo caminaba desde la cocina hasta el patio y se sentaba callado en el murito. El primer día, Isabela había estado jugando con una amiguita en el pasillo cuando lo vio pasar. Isabela miró a Manolo, luego a la amiguita, y luego volvió a mirar al pasillo, pero el viejito ya no estaba. Le preguntó a la amiguita si había visto un señor caminando. La amiguita no contestó. Tomó su muñeca y no regresó. Esa noche Isabela le contó a su mami que un viejito había entrado a la casa. Su mamá se alarmó un poco, pero después de indagar, concluyó que Isabela tenía un amigo imaginario.

Al otro día Isabela veía los dibujos animados cuando Manolo salió de la cocina. Ella lo siguió con la mirada, pero él no la miró. Isabela salió al patio y lo vio sentado en el murito, mirando al cielo. Debatió sólo un momento, y luego caminó hasta él. Al verla, Manolo se sonrió. *Hola*, le dijo con voz ronca y cansada. *Hola*, dijo Isabela. *¿Cómo te llamas? Isabela, pero mi mami me dice Chabela. ¿Y tú? Manolo, pero mi mamá me decía Lolo. ¿Lolo?* preguntó Isabela riendo. Ambos se rieron. *¿Tú conoces a mi mami? No. Yo le dije que tú viniste ayer, pero ella no me creyó. Mi mami no cree en fantasmas. ¿Y tú sí?* Riendo, Isabela le contestó que aquella era una pregunta tonta. Manolo también rio. Aquella tarde hablaron por largo rato, hasta que la mamá de Isabela comenzó a llamarla. Antes de entrar, Isabela volteó y le preguntó si él volvería al otro día y el espíritu asintió en silencio. Aquella anoche, Isabela, antes de dormirse, le dijo a su mami que el viejito se llamaba Manolo y que era un fantasma.

Su mamá le dijo que los fantasmas no existen y la niña, ya casi dormida, y con esa sincera inocencia que sólo los niños tienen, replicó que sí. Su madre le dio un beso en la frente y la persignó. Desde ese momento, Manolo e Isabela se sentaban todas las tardes después de las cuatro y quince a conversar. Regularmente, Isabela se despedía de su amigo muerto a eso de las seis, cuando comenzaba a oscurecer y su mami la llamaba. Carolina, la madre, no le prestó mucha atención al comportamiento de Chabela hasta el día que escuchó a dos mujeres chismeando en el colmado. Al verla, callaron, pero Carolina había escuchado suficiente. Las mujeres habían comentado que la niña estaba loca; que se pasaba la tarde hablando sola y riéndose por ratos, como si estuviera hablando con alguien. Esa tarde salió al patio y vio a la niña en el murito. Estaba sentada con sus manitos juntas sobre sus pequeñas piernas. Como un angelito, sonreía.

Desde donde estaba no la podía escuchar, pero era obvio que estaba hablando. Carolina era una mujer educada. Sabía que los niños tienden, a cierta edad, a tener amigos imaginarios, a hablar 'solos'. Había leído que aquello en lugar de ser negativo, ayudaba a la imaginación del niño. Intentó confiar en esos conocimientos, pero la verdad era que los comentarios de aquellas mujeres le molestaban. Esa tarde llamó a Isabela más temprano de lo normal. Manolo no dijo nada, pero presintió algo. Al otro día, Manolo se sentó en el murito, pero Isabela no llegó. Manolo se pasó la tarde mirando al cielo y comenzó a pensar en el infierno. Isabela esperó a Manolo en el murito al día siguiente. Cuando él la vio, sonrió alegremente. *Si pudiera abrazarte, lo haría. ¿Y por qué no puedes?,* preguntó Isabela de buen humor. *Soy un fantasma, ¿recuerdas?* Rieron con gusto. *¿Sabes que siento que me he reído más contigo ahora que no existo que en todos los años que duré en la vida? ¿Por qué? No lo sé,* meditó un poco el muerto, *creo que tiene que ver con las distracciones. ¿Distra...qué? Distracciones. Todas las cosas que uno pone por delante de la felicidad. ¿Sabes lo que es la vanidad? No. Bueno, la vanidad viene siendo como cuando uno piensa más en las cosas que se pueden tener que en las cosas que se pueden compartir. No* *entiendo. Bien, por ejemplo: ¿Qué prefieres: un abrazo de tu mami o un juguete?* Isabela pensó por un momento. *A mí me gustan los juguetes,* contestó riendo. Manolo suspiró, *Claro.* Casi de inmediato, Isabela agregó, *pero cuando me voy a dormir, quiero a mi mami, no a los juguetes.* Manolo no opinó. Sólo la miró con la más honda ternura. *¿Sabes? Si viéramos el mundo como tú lo ves, todos reiríamos más. Yo veo al mundo con los ojos,* dijo riendo la pequeña. *Claro, claro...pero también lo ves con el corazón. Para tí, Isabela, el mundo es sencillo. Vienes aquí conmigo y lo único que buscas es poder hablar conmigo y reírnos.* Algo cambió en el rostro de Manolo. *¿Por qué estás triste? No lo estoy. Mami dice que mentir es de tontos y de cobradores. ¿De cobradores?* preguntó Manolo confundido. *Eso es lo que ella dice, de tontos y de cobrardes...yo creo que es 'cobrardes' o cobradores, no sé.* Manolo rió a carcajadas. Isabela no lo había visto reír así, pero era contagioso, así que sin entender, también empezó a reír. Carolina la escuchó desde la sala. Cuando se acercó a la ventana, la vio riendo sola, estruendosamente, pero era tan pura su risa que aunque sintió miedo, no se atrevió a interrumpirla. El día anterior la había llevado a una sesión privada con el psicólogo de la escuela. Isabela les explicó quien era Manolo y contestó tranquilamente las preguntas del experto. El Dr. Román le aseguró a la madre que un gran porcentaje de niños entre 5 y 7 años pasan por situaciones similares y que, aunque debía admitir que el de Isabela era un caso un tanto 'diferente', no había de qué preocuparse, la niña no mostraba señales que indicaran lo contrario.

Los domingos, Isabela y Carolina se iban desde temprano a casa de su abuelita. Pero aquel domingo, su abuelita no estaba en su casa, así que Isabela y su mami no salieron. A la hora del almuerzo, Isabela alcanzó a ver por la ventana a Manolo sentado en el murito. Mientras comía, miraba por la ventana. Carolina trató de ignorarlo, pero su curiosidad pudo más que ella. *¿Qué miras, Chabelita? A Manolo. Mmm, ¿tu amigo imaginario? Jijiji, Manolo no es imagi...eso... ¿ah no? No. Ok, ¿y quién es, entonces?* preguntó la madre con una sonrisa un poco forzada.

El viejito que se murió y que viene a hablar conmigo, mami, contestó Isabela haciendo gestos de hastío, como quien dice: ya hemos discutido esto antes. *Oh, ok. ¿Y de qué hablan? De todo. ¿Qué es 'de todo', mi amor? De todo.* Silencio. Isabela miró hacia afuera de nuevo. *Mami, ¿qué hay en el cielo? Nubes jijijij.* Isabela se rio. *Nooo, en el cielo. ¿Papá Dios?* dijo Carolina insegura de qué contestar. *¿Por qué lo preguntas?* Isabela pensó por un segundo. *Manolo siempre mira al cielo. ¿Sí? Sí...siempre mira arriba, como si esperara algo.* Carolina, al escucharla, sintió un escalofrío. *Yo creo que él está triste porque no está allá arriba,* reflexionó Isabela.

A la madre se le aguaron los ojos, y, a la vez, sintió miedo. Isabela se dio cuenta y le preguntó por qué lloraba, pero la madre no respondió y tratando de disimular, se sonrió, pasándole la mano por el rostro. Al terminar la comida, Isabela le preguntó si podía salir a conversar con Manolo y, Carolina, sin saber qué hacer, asintió con la cabeza. La vio avanzar dando saltitos hasta el patio y creyó escucharla saludar al aire, mientras el corazón se le encogía en el pecho.

Esa noche, le preguntó, *¿de qué hablaron tu amigo y tú hoy? De los gatos. ¿Ah sí? ¿Y qué dice él de los gatos? Jijiji que son muy bullosos de noche.* Carolina sonrió. *Creo que tu amigo tiene razón, los gatos son bullosos. Jijiji, sí, él dice que cuando vivía en esta casa, tenía un gato color gris que se llamaba Pirata.* Aquellas palabras pusieron a la madre muy seria. *¿Cuando vivía dónde, mi amor? Aquí. ¿Aquí dónde? Aquí, mami. Aquí. Aquí no puede ser en otro sitio, tú me dices siempre que aquí es...aquí, jijiji.* Carolina no estaba escuchando a Isabela. Por primera vez, la idea de que fuera cierto que su hija estuviera hablando con un muerto pesó en su alma. Sintió miedo. Se sintió impotente e irracional, y se increpó por ponderar semejante idiotez. Pero no logró sacárselo de la cabeza. Carolina llamó a su madre por teléfono al otro día y le contó lo que estaba pasando. La abuela se burló de ella de esa manera condescendiente y jocosa que saben burlarse los familiares, restándole importancia tanto al tema como a la burla misma. Carolina, siguiendo el protocolo, también rió.

Mami tiene miedo, le confió Isabela a Manolo. *¿Miedo de qué? De tí.* Manolo calló por unos segundos y, olvidando que ya habían hablado de aquello, mintió, *no sabía que me conocía.* Isabela le miró y luego bajó la cabeza. *Cuando dices mentiras, tu cabeza se pone roja.* Manolo la observó por largo rato y luego, sin poder evitarlo, se puso a llorar. Isabela, sintiendo la tristeza de su amigo, también se puso a llorar. Al verla llorando, trató de consolarla, y le preguntó por qué lloraba.

Ella le respondió que no sabía, pero que si él reía, ella reía, y si él lloraba, ella también. Manolo se sintió aún más conmovido que antes, pero trató de no llorar más, pues no quería ver a su pequeña amiga llorando. Unos minutos permanecieron en silencio: Manolo miraba al cielo e Isabela miraba sus manos. *¿Quieres ir al cielo? No lo sé.* Isabela le miró. No había luz roja en su rostro. Sonrió. *Nunca más diré otra mentira,* juró Manolo sonriendo sinceramente. Isabela supo en su corazón que esa era la verdad. *Mami dice que papá Dios está en el cielo. Yo creo que debes ir al cielo. No sé si papá Dios me quiera en el cielo. Mami dice que papá Dios quiere a todo el mundo.* De repente, algo se le ocurrió a la niña, *¿por qué te moriste, Lolo?* El muerto guardó silencio por un rato. Isabela vio varios colores en la cabeza de Manolo, pero no era bonito, los colores variaban, se mezclaban, se interponían, pero en lugar de ser puro como el arcoíris, era un espectáculo violento, como un remolino. Isabela pensó que Manolo no quería mentir, pero que se le hacía difícil. Lo pensó, pero no lo dijo.

Una tarde, cuando ya casi se tenía que ir, Isabela le preguntó a Manolo a dónde se iba cuando no estaba en el patio. Manolo pareció confundido por un momento y luego le dijo que no lo había pensado. Pareció pensar por un momento y luego le dijo que algunas veces iba a otra casa, que quedaba lejos de allí. Una casa donde también había vivido, y donde había tenido otro gato. *Algunas veces no sé dónde estoy. Voy a sitios raros, donde hay gente que no conozco y todos estamos ahí, pero es como si no supiéramos para qué o por qué.* Isabela le escuchaba sin interrumpir, algunas veces, sin entender, y le miraba de vez en cuando. Cuando Manolo hablaba por largo rato, dependiendo de lo que hablaba, su cabeza cambiaba de color. Cuando hablaba de algo que le gustaba, ella podía saberlo de inmediato porque su rostro se iluminaba con azules brillantes y verdes claros. Había otros colores a veces, amarillos, verdes intensos, anaranjados...pero Isabela no sabía cuándo aparecían, ni por qué. *Algunas veces, visito lugares que solía visitar en vida.* Manolo pareció recordar algo desagradable. Fugaces destellos rojizos lo delataban. Isabela extendió su mano y la colocó sobre el frío concreto del murito, justo donde la abstracta mano del muerto descansaba. Los destellos rojos se degradaron en sutiles rosados y hermosos fucsias...Carolina llamó a la pequeña en ese instante. Cuando Isabela llegó hasta su mami, tenía los ojos húmedos. *¿Qué pasó, chiquita de mami? ¿Por qué lloras?* La pequeña la abrazó y, bajito, le dijo que Manolo ya sí se estaba muriendo. Carolina, confundida y un poco preocupada, trató de entenderla haciéndole algunas preguntas. Isabela no quiso responder. Se mantuvo abrazada a su mami por un rato, sintiendo el confort de su cuerpo, la cálida sensación de seguridad de su amor.

En la mañana, rumbo al colegio, Isabela le dijo, *mami, yo creo que Manolo hizo algo malo y por eso tiene miedo de ir a ver a papá Dios al cielo.* Carolina estaba cansada de aquello, pero sabía que prohibirle a Isabela hablar de ello sería contraproducente. *Yo pensé que Manolo era bueno...él es bueno, pero parece que hizo algo malo antes... ¿antes es?... ¿antes de ser un fantasma? Sí. ¿Y él no te ha dicho qué fue lo malo que hizo? No. Entonces ¿por qué crees que hizo algo malo? Porque siempre está mirando el cielo, y a veces se le pone la cara de colores, y se pone triste.*

Carolina recordó la conversación en la que Chabela había mencionado que Manolo había vivido en su casa. No había vuelto a hablar de ese tema en particular porque su madre le había aconsejado que hablar de eso era afianzarle más esas fantasías a la niña. Pero nunca le había dejado de preocupar. *¿Recuerdas que una vez me dijiste que Manolo vivía en nuestra casa? Sí...ese fue el día que hablamos de Pirata. Pirata.. ¿quién es Pirata, Chabelita? El gato. ¿Qué gato? El gato que vivía con Manolo en la casa...mami, ¿por qué el único adultro que oye lo que yo digo es Manolo? ¿Cómo? El único adultro que me oye es Manolo... ¿ves?* Se dice *'adulto'*, corrigió Carolina, pensativa y muy sorprendida. *Eso mismo*, contestó Isabela, mientras jugaba con su perrito de peluche. *¿Me puedo quedar con Lucas? No, mi amor, sabes que no puedes entrar juguetes a la escuela.* Carolina no sabía cómo retomar el tema, pero sabía que tenía que hacerlo. *Entonces ¿Pirata era el gato de tu amigo? Sí. ¿Y te dijo cómo era? Sí...dijo que tenía el pelo gris y que tenía un círculo de pelo blanco en un ojo, pero...no se acordaba de cual ojo... ¿y te dijo algo más de la casa? ¿De la casa? no, no hablamos de la casa... ¿de qué casa, mami, de la de Pirata? No, mi amor, de la casa donde vivimos, tú me dijiste que tu amigo había vivido en nuestra casa...Ah, ya sé, de nuestra casa...no...Manolo no habla de la casa, se le pone la cara de colores feos cuando piensa en eso...*Carolina quiso ahondar en 'la cara de colores feos', pero ya habían arribado a la escuela. Encontró parqueo y la llevó hasta su curso, donde intercambió saludos cordiales con la maestra. Al despedirse, Isabela le dijo que la profesora tampoco creía que los fantasmas existían. Carolina miró a la maestra un poco apenada, pero la educadora, con una sonrisa, le hizo un gesto empático.

Dos semanas transcurrieron y ya faltaban pocos días para las fiestas navideñas. Carolina llevó a Isabela a comprar algunos adornos a un centro comercial. Entretenida, Isabela se olvidó de Manolo y de que ya pasaban de las cuatro y quince. De regreso, a eso de las siete, mirando por el cristal del auto, sus ojos creyeron verlo en una esquina, mirando al cielo. *Mami, mami, para, es Manolo!* Gritó de repente. Carolina, que no había entendido, le preguntó con cierta alarma que qué le pasaba. Isabela seguía gritando que parara. *¿Qué te pasa, Chabela? Es Manolo, ma...está perdido, está perdido en esa esquina! Está mirando al cielo!* Tratando de contener la rabia, la madre respiró hondo.

Isabela! Estate quieta, tienes que bajar la voz! Pero mami, *Manolo está en la esquina mirando al cielo. No va a volver a casa!*Carolina no podía creer el alboroto que Isabela estaba creando. Velozmente hizo una nota mental de que tenía que volver a hablar con aquel psicólogo de la escuela porque era evidente que estaba equivocado. Algo más estaba pasando con su hija. Isabela, nerviosa y al borde de las lágrimas, seguía mirando hacia atrás, pero ya no podía ver a Manolo; se lo impedían el tráfico y los transeúntes. El resto del camino a la casa se lo pasó sollozando, sin decir una palabra. Cuando llegaron, salió corriendo del carro.

Impaciente, daba innúmeros pasitos en la puerta, a la espera de que su madre la abriera. Cuando entraron, corrió por el pasillo hasta el patio y, al ver el murito vacío, volvió a llorar, pero ahora lo hizo, no sólo con tristeza, sino también con rabia. Carolina, preocupada, se le acercó de dos zancadas, pero Isabela la paró en seco. *No te quiero, no te quiero.* Pero *Isabela… ¡No te quiero!* gritó la niña sintiéndose impotente y sola. Carolina quiso calmarla, abrazarla, pero Isabela se le escapó corriendo, y se metió en su cuarto. Carolina estaba estupefacta. Un nudo se le acuñó en la garganta rápidamente, y luchaban dentro de sí la pena de ver a su pequeña así, y la necesidad de castigarla, de hacerle ver que ella no podía hacer rabietas de esa manera. Para calmarse, llamó a su mejor amiga y le contó lo sucedido -procurando omitir referencias sobrenaturales- y ésta, experta en la materia, le sugirió el tradicional método de las tres nalgadas. Isabela no lloró por largo rato, pero Carolina podía escuchar sus sollozos y gemidos. Cuando creyó que estaba calmada por completo, entró a la habitación sigilosamente. Pero para su sorpresa, y para su mayor preocupación, Isabela estaba recostada en su cama en forma de ovillo, hablando sola. La niña no se dio cuenta que su madre estaba en la puerta, y Carolina aprovechó el momento para escuchar lo que su pequeña decía…*¿Y qué hacías en esa esquina?*, le preguntó Isabela a Manolo. El anciano, cuyas barbas parecían más largas y su cuerpo más delgado, respondió que no sabía, que en algún momento, mientras esperaba por ella en el patio, vio una luz muy fuerte. Le dijo que por un instante le pareció muy hermosa, pero que luego, la luz se volvió demasiado intensa, tanto que le molestaba en los ojos, y entonces en lugar de alegría, sintió mucho miedo. *Creo que tenía miedo de que esa luz me fuera a llevar a otro sitio. ¿Por qué? No lo sé. Desde que vine a este lado, he tenido miedo de irme a otro lugar; además, no estabas aquí, y no quería irme sin verte. Yo tampoco quiero que te vayas.* Manolo le pasó la arrugada mano por el pelo. Se habían acostumbrado a demostrarse su cariño de aquella manera inmaterial, tocando cada cual la parte de su mundo donde las manos, la cara, el pelo del otro estaban sin estar, dejando sólo implícita la intención.

Cuando Isabela habló, Carolina, emocionada, se llevó las manos al rostro. *Lolo, yo creo que la luz es de papá Dios. Mi mami dice que él perdona y que él nos ama a todos. Y tú eres bueno, aunque digas mentiras, pero ya no las dices, él te va a perdonar y todo estará bien.* Manolo, sobrecogido de emociones, lloraba en silencio, pero Isabela esta vez no lloraba con él. Los colores en el rostro de su amigo mostraban cosas hermosas. De repente, Isabela sintió la presencia de su madre y volteó para verla. Una inesperada sonrisa iluminó el rostro de la niña, y le pidió a su mami que se acercara. Muda, Carolina avanzó hasta su hija y, al sentarse en la cama junto a ella, sintió un gran escalofrío. En ese momento, Manolo la pudo ver y se asustó. Isabela, curiosa, le preguntó si podía ver a su mami y Manolo le dijo que sí. Carolina, asustada, sólo atinaba a mirar a su hija con una mezcla de amor y miedo. Pero cuando la niña sostuvo su mano, y sintió su acostumbrada calidez, de un modo casi mágico sus miedos se disiparon, dando paso sólo a una ráfaga de curiosidad. *Manolo está aquí, al lado mío*, dijo Isabela con gran naturalidad. *El dice que te puede ver.* Temblando su voz un poco, Carolina preguntó si antes no podía, a lo que Isabela no supo qué contestar, y sólo se encogió de hombros. Isabela miró a Manolo esperando una respuesta. *Manolo, mi mami te hizo una pregunta. ¿La hizo? pues creo que sólo te puedo escuchar a ti, Chabelita. Mami, creo que Manolo no te escucha, pero sí te ve.* Carolina no sabía qué decir. Por un lado, cada fibra de su cuerpo acababa de experimentar una sensación inexplicable, como si a un nivel muy elemental e instintivo, su cerebro supiera que su hija y ella no eran las únicas en aquel cuarto; y a la vez, ese mismo cerebro refutaba conscientemente dicha sensación. Por un instante, fue como si Isabela se hubiera quedado sola en la habitación. Manolo miraba al cielo -aún bajo el techo de color blanco- y Carolina parecía perdida en un mundo interno. *Mami, ¿quieres saber cómo es Manolo?* preguntó la niña. Carolina asintió, pero sólo de un modo mecánico. *Pues tiene barba larga y manos arrugadas, igual que su frente. Sus orejas son pequeñas y sus ojos son de color...de color...no sé...son como de un color marroncito, como si fueran de chocolate de agua, y no es muy alto.* Isabela hizo silencio por un momento, y luego dijo, *jijiji mami tiene voz de...de...no sé. No sé cómo es la voz de mami, pero cuando canta en la cocina es bonita.* Los ojos de la madre comenzaron a aguarse otra vez. *Mami, dice Manolo que eres muy bonita y que tenemos los mismo ojos.* Carolina, sin poder contenerse, se llevó ambas manos al rostro de nuevo, dejando escapar un sollozo. *Mami, dice Manolo que no llores, que todo está bien. Dice que él sabe que tienes miedo, pero que él no nos va a hacer baño..jijiji, perdón, que no nos va a hacer daño... ¿qué es daño?* Mientras escuchaba a Chabela, Carolina experimentaba una sensación de tranquilidad progresiva. La sentía en los brazos, en las piernas, en la nuca...como si un peso se estuviera levantando sólo de encima de ella. *Dice Manolo que te agri..algo, no sé...ah, que te agradece por habernos dado este tiempo juntos, que a través de mí, él ha encontrado la paz que necesitaba para... ¿Manolo? ¿Manolo?* Antes de que Isabela pudiera terminar de reportar lo que su amigo le decía a su madre, la luz blanca que había visto Manolo regresó. Isabela no la vio, pero sí se dio cuenta que Manolo la veía. Su amigo dejó de hablar de repente y se concentró en el techo del cuarto, y claramente veía más allá.

Isabela, temiendo que se marchara, empezó a llamar su

nombre, pero era como si el anciano ya no pudiera escucharla. Sin decir una palabra, se levantó de la cama, y como si se tratara de una magia de cine, otras formas salieron de él. Primero salió un hombre joven. Isabela pudo reconocer el rostro de su anciano amigo en aquel hombre, pero sabía que aquel no era enteramente su amigo, tenía la piel rojiza, como quien ha exagerado el tiempo bajo el sol. Luego, sin prisa, otros *Manolos* siguieron al primero, cada uno de colores diferentes, pero ninguno era un color hermoso, al contrario, en los ojos de Isabela, aquellas ocho o nueve copias de Manolo tenían en sí diferentes tonalidades del rojo de las mentiras. Por un instante, las copias de su amigo se quedaron muy quietas, para luego actuar de manera extraña, como si estuvieran siendo succionadas desde el suelo. Antes de que Isabela pudiera entender lo que ocurría, desaparecieron.

Casi de inmediato, Manolo se elevó, levitando. El viejo fantasma la miró entonces y con el tono de voz más armónico que Isabela escucharía en su vida entera, le dio las gracias. Un segundo después, se desvaneció.

En un sueño, Isabela volvió a ver a Manolo. Estaban sentados en un balconcito, descalzos, disfrutando de la brisa. Manolo lucía diferente. Había una especie de brillo en sus ojos, y ya no se veían colores en su rostro, sólo una especie de leve luminosidad. Después de parecer haber conversado por largo rato, Manolo la abrazó y jugó con su pelo. Le dijo que gracias a ella había entendido finalmente que debía dejar atrás todos los sentimientos de culpa, todas las emociones mezquinas, para poder pasar al nuevo plano. Le dijo sentirse a gusto donde estaba y que algún día, cuando fuera su momento, él estaría allí para acompañarla, para que no sintiera miedo. Un mes antes del cumpleaños número quince de Isabela, cuando uno de los trabajadores echó abajo una pared y notó las negras marcas de chamuscado que dejan los siniestros en el concreto, fue cuando Carolina se enteró que en su casa había ocurrido un incendio.

Una gran curiosidad se adhirió a su mente desde ese momento y decidió averiguar con su abogado por qué no se había enterado de aquello. El abogado le aseguró desconocer aquella información y le prometió investigar. Al cabo de tres días, Carolina tenía en sus manos un recorte de periódico que databa del 1981. El artículo cubría brevemente la noticia de que una niña había perecido calcinada en un incendio provocado por un cable de alta tención. El abuelo de la niña, Manolo Carrasco, quien más tarde se confirmó había estado borracho, permaneció dormido durante todo el siniestro, salvándose milagrosamente. Carolina se llevó la siniestra a la boca, mientras un nudo se formaba en su garganta, y su mano derecha no recordaba el proceso de la persignación.

Biografía:

Edgar Smith, dominicano, nació y se crió en Villa Consuelo, Santo Domingo. Nació en verano, entre calores y gente alegre.

Comenzó su camino por las letras leyendo obras sugeridas por sus profesores: La mañosa, Juan Salvador Gaviota, El Principito... Luego descubriría a Buesa, Martí y García Márquez.

Comenzó, como todos los adolescentes de aquella época, por escribir poemas de amor y por querer ser Pablo Neruda. Más tarde, el boom del idioma inglés lo llevó a descubrir escritores tan diversos como Mary Shelley, Bram Stocker, Edgar Rice Borroughs, Sidney Sheldon, Anne Rice, Edgar Allan Poe, James Patterson, Tom Clancy, William Yeats y Stephen King, entre muchos otros.

Sus mayores influencias hasta entonces fueron los personajes *Tarzan* y *John Carter*, de Borroughs (y las ilustraciones en las portadas del gran Frank Frazetta) y el verso libre de Walt Whitman.

Las intermitencias de su vocación poética lo llevarían a probar, y desdeñar, las corrientes poéticas del Santo Domingo de los 90s, y a iniciarse en los senderos de la narrativa corta. A principios de la época del 2000, incursionó en la poesía online, donde formó parte de varias páginas y talleres: Poetry.com, Los Cuentos.com, Bulldog poetry workshop, entre otros. Fue en esta época también que imprimió su primer poemario, *Todo es fuente poética,* que nunca se publicó.

Su horizonte literario se amplió (y retomó el español para su escritura) con Jorge Luis Borges (sin duda su mayor influencia literaria), César Vallejo, José Saramago, Carlos Ruiz Zafón, Stan Rice, Mateo Morrison, Khaled Hosseini, Joaquín Balaguer…

Motivado por la poeta Jeniffer Moore, publicó su primer libro de poesía, *Algunas Tiernas Imprecisiones,* en el 2013, sólo unos meses después de publicar su primer libro de cuentos, *El Palabrador.* En el 2014 publicó su segundo poemario, *Island Boy,* y en el 2015 la novela, *La Inmortalidad del cangrejo.* Algunos de sus poemas fueron incluidos en las antologías *Solo para locos vol.2*, de la poeta Lourdes Batista, 2015 y The Multilingual Anthology of The Americas Poetry Festival of New York, 2015.

Sus obras le han abierto las puertas a eventos literarios y ferias del libro, tales como La 8va. Feria del libro Dominicano, la 8va. Feria Hispana/Latina de NYC, La 1ra. Feria del libro y las artes de Providence, Censuren estas líneas, The Americas Poetry Festival of NY, entre otros. Recibió invitación formal a la 20ma edición del Festival Internacional de poesía *Curtea de Arges Poetry Nights*, que se celebra en Rumanía.

En la actualidad, Edgar prepara su novela en inglés, *Gnuj & Alt* y su tercer libro de poemas, *Versenal.*

www.ingramcontent.com/pod-product-compliance
Lightning Source LLC
Chambersburg PA
CBHW020152180626
46810CB00004B/1854